Diogenes Taschenbuch 23045

Friedrich Dürrenmatt

Werkausgabe in siebenunddreißig Bänden

Band 5

Friedrich Dürrenmatt

Der Besuch der alten Dame

Eine tragische Komödie
Neufassung 1980

Diogenes

Die Werkausgabe in siebenunddreißig Bänden basiert auf der zu Dürrenmatts 60. Geburtstag erschienenen und von ihm in Zusammenarbeit mit Thomas Bodmer herausgegebenen Werkausgabe in neunundzwanzig Bänden 1980. Diese wurde durch die seit 1981 bis zu Dürrenmatts Tod 1990 in Buchform erschienenen bzw. von ihm noch für die Publikation vorbereiteten Einzelbände analog und innerhalb der Gattungen chronologisch fortgeführt sowie um die seit 1991 in Buchform erschienenen Werke aus dem Nachlaß ergänzt. Das 17 Bände umfassende dramatische Werk der Werkausgabe 1980 wurde um einen 18. Band ergänzt, das 12 Bände umfassende erzählerische und essayistische Werk der Werkausgabe 1980 um 5 Bände erzählerische Prosa (Bände 25 bis 29) sowie um einen Band Essays (Band 36) und einen Nachlaßband (Band 37). Sämtliche Bände wurden für diese Ausgabe durchgesehen. Druckfehler wurden stillschweigend korrigiert, sonstige Veränderungen nachgewiesen. Nach Möglichkeit wurden die schon in der Werkausgabe 1980 erschienenen Bände seitengleich übernommen.
Nachweis zur Publikations- und Aufführungsgeschichte sowie zur Textgrundlage von Ulrich Weber und Anna von Planta am Schluß des Bandes.
Umschlag: Detail aus ›Turmbau VI: Versuch eines Neubaus‹ (1975/1978) von Friedrich Dürrenmatt.

www.diogenes.ch
500/03/8/9
ISBN 3 257 23045 1

Inhalt

Allgemeine Anmerkung zu der Endfassung 1980 meiner Komödien

Es ging mir, im Gegensatz zu den verschiedenen Fassungen, die vorher einzeln im Arche-Verlag erschienen sind, bei den Fassungen für die Werkausgabe nicht darum, die theatergerechten, das heißt die gestrichenen Fassungen herauszugeben, sondern die literarisch gültigen. Literatur und Theater sind zwei verschiedene Welten: Außer den Komödien, die ich nur für die Theater schrieb, *Play Strindberg* und *Porträt eines Planeten*, die Übungsstücke für Schauspieler darstellen und die ich als Regisseur schrieb, gebe ich im Folgenden – die ersten Stücke tastete ich nicht an – die dichterische Fassung wieder, eine Zusammenfassung verschiedener Versionen.

F. D.

Der Besuch der alten Dame

Eine tragische Komödie
Neufassung 1980

Personen

Die Besucher	Claire Zachanassian, geb. Wäscher Multimillionärin (Armenian-Oil)	
	Ihre Gatten VII–IX	
	Der Butler	
	Toby Roby	kaugummikauend
	Koby Loby	blind
Die Besuchten	Ill	
	Seine Frau	
	Seine Tochter	
	Sein Sohn	
	Der Bürgermeister	
	Der Pfarrer	
	Der Lehrer	
	Der Arzt	
	Der Polizist	
	Der Erste Der Zweite Der Dritte Der Vierte	Bürger
	Der Maler	
	Erste Frau	
	Zweite Frau	
	Fräulein Luise	

Die Sonstigen	Bahnhofsvorstand
	Zugführer
	Kondukteur
	Pfändungsbeamter
Die Lästigen	Pressemann I
	Pressemann II
	Radioreporter
	Kameramann

Ort: Güllen, eine Kleinstadt
Zeit: Gegenwart

Pause nach dem zweiten Akt

Geschrieben 1955
Uraufführung im Schauspielhaus Zürich
am 29. Januar 1956

Erster Akt

Glockenton eines Bahnhofs, bevor der Vorhang aufgeht. Dann die Inschrift: Güllen. Offenbar der Name der kleinen Stadt, die im Hintergrund angedeutet ist, ruiniert, zerfallen. Auch das Bahnhofgebäude verwahrlost, je nach Land mit oder ohne Absperrung, ein halbzerrissener Fahrplan an der Mauer, ein verrostetes Stellwerk, eine Türe mit der Aufschrift: Eintritt verboten. Dann, in der Mitte, die erbärmliche Bahnhofstraße. Auch sie nur angedeutet. Links ein kleines Häuschen, kahl, Ziegeldach, zerfetzte Plakate an der fensterlosen Mauer. Links Tafel: Frauen, rechts: Männer. Alles in eine heiße Herbstsonne getaucht. Vor dem Häuschen eine Bank, auf ihr vier Männer. Ein fünfter, aufs unbeschreiblichste verwahrlost, wie die andern, beschreibt ein Transparent mit roter Farbe, offenbar für einen Umzug: Willkommen Kläri. Das donnernde, stampfende Geräusch eines vorbeirasenden Schnellzuges. Vor dem Bahnhof der Bahnhofsvorstand salutierend. Die Männer auf der Bank deuten mit einer Kopfbewegung von links nach rechts an, daß sie den vorbeirasenden Expreß verfolgen.

DER ERSTE Die ›Gudrun‹, Hamburg–Neapel.

DER ZWEITE Um elfuhrsiebenundzwanzig kommt der ›Rasende Roland‹, Venedig–Stockholm.

DER DRITTE Das einzige Vergnügen, das wir noch haben: Zügen nachschauen.

DER VIERTE Vor fünf Jahren hielten die ›Gudrun‹ und der ›Rasende Roland‹ in Güllen. Dazu noch der ›Diplomat‹ und die ›Lorelei‹, alles Expreßzüge von Bedeutung.

DER ERSTE Von Weltbedeutung.

Glockenton.

DER ZWEITE Nun halten nicht einmal die Personenzüge. Nur zwei von Kaffigen und der Einuhrdreizehn von Kalberstadt.

DER DRITTE Ruiniert.

DER VIERTE Die Wagnerwerke zusammengekracht.

DER ERSTE Bockmann bankrott.

DER ZWEITE Die Platz-an-der-Sonne-Hütte eingegangen.

DER DRITTE Leben von der Arbeitslosenunterstützung.

DER VIERTE Von der Suppenanstalt.

DER ERSTE Leben?

DER ZWEITE Vegetieren.

DER DRITTE Krepieren.

DER VIERTE Das ganze Städtchen.

Zuggeräusch, der Bahnhofsvorstand salutiert. Die Männer verfolgen den Zug mit einer Kopfbewegung von rechts nach links.

DER VIERTE Der ›Diplomat‹.

DER DRITTE Dabei waren wir eine Kulturstadt.

DER ZWEITE Eine der ersten im Lande.

DER ERSTE In Europa.

DER VIERTE Goethe hat hier übernachtet. Im ›Gasthof zum Goldenen Apostel‹.

DER DRITTE Brahms ein Quartett komponiert.

Glockenton.

DER ZWEITE Berthold Schwarz das Pulver erfunden.
DER MALER Und ich habe mit Glanz die Ecole des Beaux-Arts besucht, doch was treibe ich jetzt? Inschriftenmalerei!
DER ZWEITE Höchste Zeit, daß die Milliardärin kommt. In Kalberstadt soll sie ein Spital gestiftet haben.
DER DRITTE In Kaffigen die Kinderkrippe und in der Hauptstadt eine Gedächtniskirche.
DER MALER Von Zimt, dem naturalistischen Schmierer, ließ sie sich porträtieren.
DER ERSTE Die mit ihrem Geld. Die Armenian-Oil besitzt sie, die Western Railways, die Northern Broadcasting Company und das Bangkoker Vergnügungsviertel.

Zugsgeräusch. Links erscheint ein Kondukteur, als wäre er eben vom Zuge gesprungen.

DER KONDUKTEUR *mit langgezogenem Schrei* Güllen!
DER ERSTE Der Personenzug von Kaffigen.

Ein Reisender ist ausgestiegen, geht von links an den Männern auf der Bank vorbei, verschwindet in der Türe mit der Anschrift: Männer.

DER ZWEITE Der Pfändungsbeamte.
DER DRITTE Geht das Stadthaus pfänden.
DER VIERTE Politisch sind wir auch ruiniert.
DER BAHNHOFSVORSTAND *hebt die Kelle* Abfahrt!

Vom Städtchen her der Bürgermeister, der Lehrer, der Pfarrer und Ill, ein Mann von fast fünfundsechzig Jahren, alle schäbig gekleidet.

DER BÜRGERMEISTER Mit dem Einuhrdreizehn-Personenzug von Kalberstadt kommt der hohe Gast.

DER LEHRER Der gemischte Chor singt, die Jugendgruppe.

DER PFARRER Die Feuerglocke bimmelt. Die ist noch nicht versetzt.

DER BÜRGERMEISTER Auf dem Marktplatz bläst die Stadtmusik, und der Turnverein bildet eine Pyramide zu Ehren der Milliardärin. Dann ein Essen im ›Goldenen Apostel‹. Leider reicht es finanziell nicht zur Beleuchtung des Münsters und des Stadthauses am Abend.

DER PFÄNDUNGSBEAMTE *kommt aus dem Häuschen* Guten Morgen, Herr Bürgermeister. Grüße recht herzlich.

DER BÜRGERMEISTER Was wollen Sie denn hier, Pfändungsbeamter Glutz?

DER PFÄNDUNGSBEAMTE Das wissen Herr Bürgermeister schon. Ich stehe vor einer Riesenaufgabe. Pfänden Sie mal eine ganze Stadt.

DER BÜRGERMEISTER Außer einer alten Schreibmaschine finden Sie im Stadthaus nichts.

DER PFÄNDUNGSBEAMTE Herr Bürgermeister vergessen das Güllener Heimatmuseum.

DER BÜRGERMEISTER Schon vor drei Jahren nach Amerika verkauft. Unsere Kassen sind leer. Kein Mensch bezahlt Steuern.

DER PFÄNDUNGSBEAMTE Muß untersucht werden. Das Land floriert, und ausgerechnet Güllen mit der Platz-an-der-Sonne-Hütte geht bankrott.

DER BÜRGERMEISTER Wir stehen selber vor einem wirtschaftlichen Rätsel.
DER ERSTE Alles von Freimaurern abgekartet.
DER ZWEITE Von den Juden gesponnen.
DER DRITTE Die Hochfinanz lauert dahinter.
DER VIERTE Der internationale Kommunismus zieht seine Fäden.

Glockenton.

DER PFÄNDUNGSBEAMTE Finde immer etwas. Habe Augen wie ein Sperber. Spähe mal bei der Stadtkasse nach. *Ab.*
DER BÜRGERMEISTER Besser, er plündert uns jetzt als nach dem Besuch der Milliardärin.

Der Maler hat seine Inschrift beendet.

ILL Das geht natürlich nicht, Bürgermeister, die Inschrift ist zu intim. Willkommen Claire Zachanassian, muß es heißen.
DER ERSTE Ist aber Kläri.
DER ZWEITE Kläri Wäscher.
DER DRITTE Hier aufgewachsen.
DER VIERTE Ihr Vater war Baumeister.
DER MALER So schreib ich einfach: Willkommen Claire Zachanassian auf die Hinterseite. Wenn die Milliardärin dann gerührt ist, können wir ihr immer noch die Vorderseite zudrehen.
DER ZWEITE Der ›Börsianer‹, Zürich–Hamburg.

Ein neuer Expreßzug kommt von rechts nach links.

DER DRITTE Immer exakt, die Uhr könnte man nach ihm richten.

DER VIERTE Bitte, wer hat hier schon noch eine Uhr.

DER BÜRGERMEISTER Meine Herren, die Milliardärin ist unsere einzige Hoffnung.

DER PFARRER Außer Gott.

DER BÜRGERMEISTER Außer Gott.

DER LEHRER Aber der zahlt nicht.

DER MALER Der hat uns vergessen.

Der Vierte spuckt aus.

DER BÜRGERMEISTER Sie waren mit ihr befreundet, Ill, da hängt alles von Ihnen ab.

DER PFARRER Sie sind auseinandergegangen damals. Ich hörte eine unbestimmte Geschichte – haben Sie Ihrem Pfarrer etwas zu gestehen?

ILL Wir waren die besten Freunde – jung und hitzig – war schließlich ein Kerl, meine Herren, vor fünfundvierzig Jahren – und sie, die Klara, ich sehe sie immer noch, wie sie mir durchs Dunkel der Peterschen Scheune entgegenleuchtete oder mit nackten Füßen im Konradsweilerwald durch Moos und Laub ging, mit wehenden roten Haaren, biegsam, gertenschlank, zart, eine verteufelt schöne Hexe. Das Leben trennte uns, nur das Leben, wie es eben kommt.

DER BÜRGERMEISTER Für meine kleine Rede beim Essen im ›Goldenen Apostel‹ sollte ich einige Details über Frau Zachanassian besitzen. *Er zieht ein Notizbüchlein aus der Tasche.*

DER LEHRER Ich forschte die alten Schulrodel durch. Die Noten der Klara Wäscher sind leider, leider herzlich schlecht. Auch das Betragen. Nur in der Pflanzen- und Tierkunde genügend.

DER BÜRGERMEISTER *notierend* Gut. Genügend in der Pflanzen- und Tierkunde. Das ist gut.

ILL Da kann ich dem Bürgermeister dienen. Klara liebte die Gerechtigkeit. Ausgesprochen. Einmal wurde ein Vagabund abgeführt. Sie bewarf den Polizisten mit Steinen.

DER BÜRGERMEISTER Gerechtigkeitsliebe. Nicht schlecht. Wirkt immer. Aber die Geschichte mit dem Polizisten unterschlagen wir besser.

ILL Wohltätig war sie auch. Was sie besaß, verteilte sie, stahl Kartoffeln für eine arme Witwe.

DER BÜRGERMEISTER Sinn für Wohltätigkeit. Dies, meine Herren, muß ich unbedingt anbringen. Es ist die Hauptsache. Erinnert sich jemand an ein Gebäude, das ihr Vater errichtete? Würde sich in der Rede gut machen.

DER MALER Kein Mensch.

DER ERSTE Soll versoffen gewesen sein.

DER ZWEITE Die Alte lief ihm davon.

DER DRITTE Starb im Irrenhaus.

Der Vierte spuckt aus.

DER BÜRGERMEISTER *schließt sein Notizbüchlein* Ich für meinen Teil wäre vorbereitet – das übrige muß Ill tun.

ILL Ich weiß. Die Zachanassian soll mit ihren Millionen herausrücken.

DER BÜRGERMEISTER Millionen – das ist genau die richtige Auffassung.

DER LEHRER Mit einer Kinderkrippe ist uns nicht gedient.

DER BÜRGERMEISTER Mein lieber Ill, Sie sind seit langem schon die beliebteste Persönlichkeit in Güllen. Ich trete im Frühling zurück und nahm mit der Opposition Fühlung. Wir einigten uns, Sie zu meinem Nachfolger vorzuschlagen.

ILL Aber Herr Bürgermeister.

DER LEHRER Ich kann dies nur bestätigen.

ILL Meine Herren, zur Sache. Ich will vorerst mit der Klara über unsere miserable Lage reden.

DER PFARRER Aber vorsichtig – zartfühlend.

ILL Wir müssen klug vorgehen, psychologisch richtig. Schon ein mißglückter Empfang am Bahnhof kann alles verteufeln. Mit der Stadtmusik und dem gemischten Chor ist es nicht getan.

DER BÜRGERMEISTER Da hat Ill recht. Es ist dies schließlich auch ein wichtiger Augenblick. Frau Zachanassian betritt den Boden ihrer Heimat, findet heim, gerührt, Tränen in den Augen, erblickt Altvertrautes. Ich werde natürlich nicht hemdärmlig dastehen wie jetzt, sondern in feierlichem Schwarz mit Zylinder, neben mir die Gattin, vor mir meine zwei Enkelkinder, ganz in Weiß, mit Rosen. Mein Gott, wenn nur alles in Ordnung kommt zur rechten Zeit.

Glockenton.

DER ERSTE Der ›Rasende Roland‹.

DER ZWEITE Venedig–Stockholm elfuhrsiebenundzwanzig.

DER PFARRER Elfuhrsiebenundzwanzig! Wir haben noch fast zwei Stunden, uns sonntäglich herzurichten.

DER BÜRGERMEISTER Die Inschrift ›Willkommen Claire

Zachanassian‹ heben Kühn in die Höhe und Hauser. *Er zeigt auf den Vierten.* Die andern schwenken am besten die Hüte. Doch bitte: Nicht schreien wie voriges Jahr bei der Regierungskommission, der Eindruck war gleich Null, und wir haben bis jetzt noch keine Subvention. Nicht übermütige Freude ist am Platz, sondern innerliche, fast Schluchzen, Mitgefühl mit dem wiedergefundenen Kind der Heimat. Seid ungezwungen, herzlich, doch muß die Organisation klappen, die Feuerglocke gleich nach dem gemischten Chor einsetzen. Vor allem ist zu beachten …

Das Donnern des nahenden Zuges macht seine Rede unverständlich. Kreischende Bremsen. Auf allen Gesichtern drückt sich fassungsloses Erstaunen aus. Die fünf auf der Bank springen auf.

DER MALER Der D-Zug!
DER ERSTE Hält!
DER ZWEITE In Güllen!
DER DRITTE Im verarmtesten –
DER VIERTE lausigsten –
DER ERSTE erbärmlichsten Nest der Strecke Venedig–Stockholm!
DER BAHNHOFSVORSTAND Die Naturgesetze sind aufgehoben. Der ›Rasende Roland‹ hat aufzutauchen in der Kurve von Leuthenau, vorbeizuflitzen und, ein dunkler Punkt, in der Niederung von Pückenried zu verschwinden.

Von rechts kommt Claire Zachanassian, zweiundsechzig, rothaarig, Perlenhalsband, riesige goldene Armringe, auf-

gedonnert, unmöglich, aber gerade darum wieder eine Dame von Welt, mit einer seltsamen Grazie, trotz allem Grotesken. Hinter ihr das Gefolge, der Butler Boby, etwa achtzig, mit schwarzer Brille, ihr Gatte VII *(groß, schlank, schwarzer Schnurrbart) mit kompletter Angel-Ausrüstung. Ein aufgeregter Zugführer begleitet die Gruppe, rote Mütze, rote Tasche.*

CLAIRE ZACHANASSIAN Bin ich in Güllen?

DER ZUGFÜHRER Sie zogen die Notbremse, Madame.

CLAIRE ZACHANASSIAN Ich ziehe immer die Notbremse.

DER ZUGFÜHRER Ich protestiere. Energisch. Die Notbremse zieht man nie in diesem Lande, auch wenn man in Not ist. Die Pünktlichkeit des Fahrplans ist oberstes Prinzip. Darf ich um eine Erklärung bitten?

CLAIRE ZACHANASSIAN Ich bin doch in Güllen, Moby. Ich erkenne das traurige Nest. Dort drüben der Wald von Konradsweiler mit dem Bach, wo du fischen kannst, Forellen und Hechte, und rechts das Dach der Peterschen Scheune.

ILL *wie erwachend* Klara.

DER LEHRER Die Zachanassian.

ALLE Die Zachanassian.

DER LEHRER Dabei ist der gemischte Chor nicht bereit, die Jugendgruppe!

DER BÜRGERMEISTER Die Kunstturner, die Feuerwehr!

DER PFARRER Der Sigrist!

DER BÜRGERMEISTER Mein Rock fehlt, um Gottes willen, der Zylinder, die Enkelkinder!

DER ERSTE Die Kläri Wäscher! Die Kläri Wäscher! *Er springt auf und rast ins Städtchen.*

DER BÜRGERMEISTER *ruft* Die Gattin nicht vergessen!

DER ZUGFÜHRER Ich warte auf eine Erklärung. Dienstlich. Im Namen der Eisenbahndirektion.

CLAIRE ZACHANASSIAN Sie sind ein Schafskopf. Ich will eben das Städtchen mal besuchen. Soll ich etwa aus Ihrem Schnellzug springen?

DER ZUGFÜHRER Madame. Wenn Sie Güllen zu besuchen wünschen, bitte, steht Ihnen in Kalberstadt der Zwölfuhrvierzig-Personenzug zur Verfügung. Wie aller Welt. Ankunft Güllen einuhrdreizehn.

CLAIRE ZACHANASSIAN Der Personenzug, der in Loken, Brunnhübel, Beisenbach und Leuthenau hält? Sie wollen mir wohl zumuten, eine halbe Stunde durch diese Gegend zu dampfen?

DER ZUGFÜHRER Madame, das wird Sie teuer zu stehen kommen.

CLAIRE ZACHANASSIAN Gib ihm tausend, Boby.

ALLE *murmelnd* Tausend.

Der Butler gibt dem Zugführer tausend.

DER ZUGFÜHRER *verblüfft* Madame.

CLAIRE ZACHANASSIAN Und dreitausend für die Stiftung zugunsten der Eisenbahnerwitwen.

ALLE *murmelnd* Dreitausend.

Der Zugführer erhält vom Butler dreitausend.

DER ZUGFÜHRER *verwirrt* Es gibt keine solche Stiftung, Madame.

CLAIRE ZACHANASSIAN Dann gründen Sie eine.

Der Gemeindepräsident flüstert dem Zugführer etwas ins Ohr.

DER ZUGFÜHRER *bestürzt* Gnädige sind Frau Claire Zachanassian? Oh, pardon. Das ist natürlich etwas anderes. Wir hätten selbstverständlich in Güllen gehalten, wenn wir nur die leiseste Ahnung – Sie erhalten Ihr Geld zurück, gnädige Frau – viertausend – mein Gott.

ALLE *murmelnd* Viertausend.

CLAIRE ZACHANASSIAN Behalten Sie die Kleinigkeit.

ALLE *murmelnd* Behalten.

DER ZUGFÜHRER Wünschen gnädige Frau, daß der ›Rasende Roland‹ wartet, bis Sie Güllen besichtigt haben? Die Eisenbahndirektion würde dies mit Freuden billigen. Das Münsterportal soll sehenswert sein. Gotisch. Mit dem Jüngsten Gericht.

CLAIRE ZACHANASSIAN Brausen Sie mit Ihrem Zug davon.

GATTE VII *weinerlich* Aber die Presse, Mausi, die Presse ist noch nicht ausgestiegen. Die Reporter dinieren ahnungslos im Speisewagen vorne.

CLAIRE ZACHANASSIAN Laß sie weiterdinieren, Moby. Ich brauche die Presse fürs erste nicht in Güllen. Und später wird sie schon kommen.

Unterdessen hat der Zweite dem Bürgermeister den Rock gebracht. Der Bürgermeister tritt feierlich auf Claire Zachanassian zu. Der Maler und der Vierte auf der Bank heben die Inschrift ›Willkommen Claire Zachanassi ...‹ in die Höhe. Der Maler hat sie nicht ganz beendet.

DER BAHNHOFSVORSTAND *hebt die Kelle* Abfahrt!

DER ZUGFÜHRER Wenn gnädige Frau sich nur nicht bei der Eisenbahndirektion beschweren. Es war ein reines Mißverständnis.

Der Zug beginnt sich in Bewegung zu setzen. Der Zugführer springt auf.

DER BÜRGERMEISTER Verehrte, gnädige Frau. Als Bürgermeister von Güllen habe ich die Ehre, Sie, gnädige, verehrte Frau, als ein Kind unserer Heimat …

Durch das Geräusch des davonrasenden Zuges wird der Rest der Rede des Bürgermeisters, der unentwegt weiterspricht, nicht mehr verstanden.

CLAIRE ZACHANASSIAN Ich danke, Herr Bürgermeister, für die schöne Rede.

Sie geht auf Ill zu, der ihr etwas verlegen entgegengetreten ist.

ILL Klara.
CLAIRE ZACHANASSIAN Alfred.
ILL Schön, daß du gekommen bist.
CLAIRE ZACHANASSIAN Das habe ich mir immer vorgenommen. Mein Leben lang, seit ich Güllen verlassen habe.
ILL *unsicher* Das ist lieb von dir.
CLAIRE ZACHANASSIAN Auch du hast an mich gedacht?
ILL Natürlich. Immer. Das weißt du doch, Klara.
CLAIRE ZACHANASSIAN Es war wunderbar, all die Tage, da wir zusammen waren.
ILL *stolz* Eben. *Zum Lehrer* Sehen Sie, Herr Lehrer, die habe ich im Sack.
CLAIRE ZACHANASSIAN Nenne mich, wie du mich immer genannt hast.

ILL Mein Wildkätzchen.

CLAIRE ZACHANASSIAN *schnurrt wie eine alte Katze* Wie noch?

ILL Mein Zauberhexchen.

CLAIRE ZACHANASSIAN Ich nannte dich: mein schwarzer Panther.

ILL Der bin ich noch.

CLAIRE ZACHANASSIAN Unsinn. Du bist fett geworden. Und grau und versoffen.

ILL Doch du bist die gleiche geblieben. Zauberhexchen.

CLAIRE ZACHANASSIAN Ach was. Auch ich bin alt geworden und fett. Dazu ist mein linkes Bein hin. Ein Autounfall. Ich fahre nur noch Schnellzüge. Doch die Prothese ist vortrefflich, findest du nicht? *Sie hebt ihren Rock in die Höhe und zeigt ihr linkes Bein.* Läßt sich gut bewegen.

ILL *wischt sich den Schweiß ab* Wäre nie daraufgekommen, Wildkätzchen.

CLAIRE ZACHANASSIAN Darf ich dir meinen siebenten Gatten vorstellen, Alfred? Besitzt Tabakplantagen. Führen eine glückliche Ehe.

ILL Aber bitte.

CLAIRE ZACHANASSIAN Komm, Moby, verneig dich. Eigentlich heißt er Pedro, doch macht sich Moby schöner. Es paßt auch besser zu Boby, wie der Kammerdiener heißt. Den hat man schließlich fürs Leben, da müssen sich dann eben die Gatten nach seinem Namen richten.

Gatte VII verneigt sich.

CLAIRE ZACHANASSIAN Ist er nicht nett mit seinem schwarzen Schnurrbart? Denk nach, Moby.

Gatte VII denkt nach.

CLAIRE ZACHANASSIAN Fester.

Gatte VII denkt fester nach.

CLAIRE ZACHANASSIAN Noch fester.
GATTE VII Aber ich kann nicht mehr fester nachdenken, Mausi, wirklich nicht.
CLAIRE ZACHANASSIAN Natürlich kannst du's. Probier's nur.

Gatte VII denkt noch fester nach.
Glockenton.

CLAIRE ZACHANASSIAN Siehst du, es ging. Nicht wahr, Alfred, so wirkt es fast dämonisch. Wie ein Brasilianer. Das ist aber ein Irrtum. Er ist griechisch-orthodox. Sein Vater war Russe. Ein Pope traute uns. Hochinteressant. Nun will ich mich in Güllen umschauen. *Sie betrachtet das Häuschen links mit einem edelsteinbesetzten Lorgnon.* Diese Bedürfnisanstalt hat mein Vater errichtet, Moby. Gute Arbeit, exakt ausgeführt. Ich saß als Kind stundenlang auf dem Dach und spuckte hinunter. Aber nur auf die Männer.

Im Hintergrund haben sich nun der gemischte Chor und die Jugendgruppe versammelt. Der Lehrer tritt mit Zylinder vor.

DER LEHRER Gnädige Frau, als Rektor des Güllener Gymnasiums und Liebhaber der edlen Frau Musica sei es mir erlaubt, mit einem schlichten Volkslied aufzuwarten, dargeboten vom gemischten Chor und der Jugendgruppe.

CLAIRE ZACHANASSIAN Schießen Sie los, Lehrer, mit Ihrem schlichten Volkslied.

Der Lehrer nimmt eine Stimmgabel hervor, gibt den Ton an, der gemischte Chor und die Jugendgruppe beginnen feierlich zu singen, doch kommt in diesem Augenblick ein neuer Zug von links. Der Bahnhofsvorstand salutiert. Der Chor muß mit dem Rattern des Zuges kämpfen, der Lehrer verzweifelt, endlich ist der Zug vorbei.

DER BÜRGERMEISTER *untröstlich* Die Feuerglocke, man sollte doch die Feuerglocke einsetzen!

CLAIRE ZACHANASSIAN Gut gesungen, Güllener. Besonders der blonde Baß links außen mit dem großen Adamsapfel war eigenartig.

Durch den gemischten Chor drängt sich ein Polizist, nimmt vor Claire Zachanassian Achtungstellung an.

DER POLIZIST Polizeiwachtmeister Hahncke, gnädige Frau. Stehe zu Ihrer Verfügung.

CLAIRE ZACHANASSIAN *mustert ihn* Danke. Ich will niemanden verhaften. Aber vielleicht wird Güllen Sie nötig haben. Drücken Sie hin und wieder ein Auge zu?

DER POLIZIST Das schon, gnädige Frau. Wo käme ich in Güllen sonst hin?

CLAIRE ZACHANASSIAN Schließen Sie lieber beide.

Der Polizist steht etwas verdattert da.

ILL *lacht* Ganz die Klara! Ganz mein Zauberhexchen. *Er schlägt sich vergnügt auf die Schenkel.*

Der Bürgermeister stülpt sich den Zylinder des Lehrers auf den Kopf, stellt die beiden Enkelkinder vor. Zwillinge, siebenjährig, blonde Zöpfe.

DER BÜRGERMEISTER Meine Enkelkinder, gnädige Frau, Hermine und Adolfine. Nur die Gattin fehlt. *Er wischt sich den Schweiß ab.*

Die beiden Mädchen knicksen und überreichen der Zachanassian rote Rosen.

CLAIRE ZACHANASSIAN Ich gratuliere zu den beiden Gören, Bürgermeister. Da! *Sie drückt die Rosen dem Bahnhofsvorstand in die Arme.*

Der Bürgermeister gibt heimlich den Zylinder dem Pfarrer, der ihn aufsetzt.

DER BÜRGERMEISTER Unser Pfarrer, gnädige Frau.

Der Pfarrer zieht den Zylinder, verneigt sich.

CLAIRE ZACHANASSIAN Ei, der Pastor. Pflegen Sie Sterbende zu trösten?
DER PFARRER *verwundert* Ich gebe mir Mühe.
CLAIRE ZACHANASSIAN Auch solche, die zum Tode verurteilt wurden?
DER PFARRER *verwirrt* Die Todesstrafe ist in unserem Lande abgeschafft, gnädige Frau.
CLAIRE ZACHANASSIAN Man wird sie vielleicht wieder einführen.

Der Pfarrer gibt etwas konsterniert den Zylinder dem Bürgermeister zurück, der ihn wieder aufsetzt. Durch die Menge drängt sich der Arzt Nüßlin.

DER BÜRGERMEISTER Doktor Nüßlin, unser Arzt.

CLAIRE ZACHANASSIAN Interessant; verfertigen Sie die Totenscheine?

DER ARZT Totenscheine?

CLAIRE ZACHANASSIAN Kommt jemand um.

DER ARZT Jawohl.

CLAIRE ZACHANASSIAN Stellen Sie in Zukunft Herzschlag fest.

ILL *lachend* Wildkätzchen! Was du doch für ausgelassene Witze machst!

CLAIRE ZACHANASSIAN Nun will ich ins Städtchen.

Der Bürgermeister will ihr den Arm reichen.

CLAIRE ZACHANASSIAN Was fällt Ihnen ein, Bürgermeister, ich marschiere nicht meilenweit mit meiner Prothese.

DER BÜRGERMEISTER *erschrocken* Sofort! Sofort! Herr Doktor Nüßlin besitzt ein Automobil.

DER ARZT Einen Mercedes aus dem Jahre 32, gnädige Frau.

CLAIRE ZACHANASSIAN Nicht nötig. Seit meinem Unfall bewege ich mich nur per Sänfte. Roby und Toby, her damit.

Von links kommen zwei herkulische, kaugummikauende Monstren mit einer Sänfte. Einer trägt eine Gitarre auf dem Rücken.

CLAIRE ZACHANASSIAN Zwei Gangster aus Manhattan, in

Sing-Sing zum elektrischen Stuhl verurteilt. Auf meine Fürbitte zum Sänftentragen freigelassen. Kostete mich eine Million Dollar pro Fürbitte. Die Sänfte stammt aus dem Louvre und ist ein Geschenk des französischen Präsidenten. Ein freundlicher Herr, sieht genau so aus wie in den Zeitungen. Tragt mich in die Stadt, Roby und Toby.

DIE BEIDEN Yes, Mam.

CLAIRE ZACHANASSIAN Doch zuerst in die Petersche Scheune und dann in den Konradsweilerwald. Ich will mit Alfred unsere alten Liebesorte besuchen. Schafft das Gepäck und den Sarg unterdessen in den ›Goldenen Apostel‹.

DER BÜRGERMEISTER *verblüfft* Den Sarg?

CLAIRE ZACHANASSIAN Ich brachte einen mit. Ich kann ihn vielleicht brauchen. Los, Roby und Toby.

Die beiden kaugummikauenden Monstren tragen Claire Zachanassian in die Stadt. Der Bürgermeister gibt ein Zeichen, alle brechen in Hochrufe aus, die sich freilich verdutzt dämpfen, wie nun zwei Dienstmänner einen schwarzen kostbaren Sarg herein und nach Güllen tragen. Doch beginnt in diesem Augenblicke die noch nicht versetzte Feuerglocke zu bimmeln.

DER BÜRGERMEISTER Endlich! Die Feuerglocke!

Die Bevölkerung schließt sich dem Sarg an. Die Zofen der Claire Zachanassian hinterher mit Gepäck und unendlichen Koffern, die von Güllenern getragen werden. Der Polizist regelt den Verkehr, will dem Zug nachgehen, doch kommen von rechts noch zwei kleine, dicke alte

Männer mit leiser Stimme, die sich an der Hand halten, beide sorgfältig gekleidet.

DIE BEIDEN Wir sind in Güllen. Wir riechen's, wir riechen's, wir riechen's an der Luft, an der Güllener Luft.

DER POLIZIST Wer seid denn ihr?

DIE BEIDEN Wir gehören zur alten Dame, wir gehören zur alten Dame. Sie nennt uns Koby und Loby.

DER POLIZIST Frau Zachanassian logiert im ›Goldenen Apostel‹.

DIE BEIDEN *fröhlich* Wir sind blind, wir sind blind.

DER POLIZIST Blind? Dann führe ich euch zwei mal hin.

DIE BEIDEN Danke, Herr Polizist, danke recht schön.

DER POLIZIST *verwundert* Wie wißt ihr denn, daß ich ein Polizist bin, wenn ihr blind seid?

DIE BEIDEN Am Tonfall, am Tonfall, alle Polizisten haben den gleichen Tonfall.

DER POLIZIST *mißtrauisch* Ihr scheint Erfahrungen mit der Polizei gemacht zu haben, ihr kleinen dicken Männer.

DIE BEIDEN *staunend* Männer, er hält uns für Männer!

DER POLIZIST Was seid ihr denn sonst, zum Teufel!

DIE BEIDEN Werden's schon merken, werden's schon merken!

DER POLIZIST *verdutzt* Na, wenigstens immer munter.

DIE BEIDEN Kriegen Koteletts und Schinken. Alle Tage, alle Tage.

DER POLIZIST Da würde ich auch herumtanzen. Kommt, gebt mir die Hand. Einen komischen Humor haben die Ausländer. *Er geht mit den beiden in die Stadt hinein.*

DIE BEIDEN Zu Boby und Moby, zu Roby und Toby!

Verwandlung ohne Vorhang. Die Fassaden des Bahnhofs und des Häuschens schweben in die Höhe. Interieur des ›Goldenen Apostels‹, ja es kann sich sogar ein Wirtshausschild von oben heruntersenken, eine vergoldete, ehrwürdige Apostelfigur, ein Emblem, das in der Mitte des Raumes schweben bleibt. Untergegangener Luxus. Alles verschlissen, verstaubt, zerbrochen, verstunken, vermodert, der Gips abgebröckelt. Der Bürgermeister, der Pfarrer und der Lehrer sitzen rechts im Vordergrund beim Schnaps und beobachten die endlosen Koffertransporte, die man sich im Zuschauerraum vorzustellen hat.

DER BÜRGERMEISTER Koffer, nichts als Koffer.
DER PFARRER Haufenweise. Und vorhin wurde in einem Käfig ein Panther hinaufgeschafft.
DER BÜRGERMEISTER Ein wildes schwarzes Tier.
DER PFARRER Der Sarg.
DER BÜRGERMEISTER Wird in ein Extrazimmer gebracht.
DER LEHRER Seltsam.
DER PFARRER Weltberühmte Damen haben ihre Marotten.
DER BÜRGERMEISTER Hübsche Zofen.
DER LEHRER Sie scheint länger hier bleiben zu wollen.
DER BÜRGERMEISTER Um so besser. Ill hat sie im Sack. Wildkätzchen, Zauberhexchen hat er sie genannt, Millionen wird er aus ihr schöpfen. Auf Ihr Wohl, Lehrer. Darauf, daß Claire Zachanassian Bockmann saniert.
DER LEHRER Die Wagnerwerke.
DER BÜRGERMEISTER Die Platz-an-der-Sonne-Hütte. Kommt die in Schwung, kommt alles in Schwung, die Gemeinde, das Gymnasium, der öffentliche Wohlstand.

Sie stoßen an.

DER LEHRER Seit mehr denn zwei Jahrzehnten korrigiere ich die Latein- und Griechischübungen der Güllener Schüler, doch was Gruseln heißt, Bürgermeister, weiß ich erst seit einer Stunde. Schauerlich, wie sie aus dem Zuge stieg, die alte Dame mit ihren schwarzen Gewändern. Kommt mir vor wie eine Parze, wie eine griechische Schicksalsgöttin. Sollte Klotho heißen, nicht Claire, der traut man es noch zu, daß sie Lebensfäden spinnt.

Der Polizist kommt, hängt den Helm an einen Haken.

DER BÜRGERMEISTER Setzen Sie sich zu uns, Polizeiwachtmeister.

Der Polizist setzt sich zu ihnen.

DER POLIZIST Kein Vergnügen, in diesem Nest zu wirken. Aber nun wird die Ruine aufblühen. War da eben mit der Milliardärin und dem Krämer Ill in der Peterschen Scheune. Eine rührende Szene. Die beiden waren andächtig wie in einer Kirche. Genierte mich, dabeizusein. Ich habe mich denn auch entfernt, wie sie in den Konradsweilerwald gingen. Eine regelrechte Prozession. Vorne zwei dicke blinde Männer mit dem Butler, dann die Sänfte, dahinter Ill und ihr siebenter Mann mit seinen Angelruten.

DER BÜRGERMEISTER Männerverbrauch.

DER LEHRER Eine zweite Lais.

DER PFARRER Wir sind alle Sünder.

DER BÜRGERMEISTER Ich wundere mich, was die im Konradsweilerwald suchen.
DER POLIZIST Das gleiche wie in der Peterschen Scheune, Bürgermeister. Sie gehen den Lokalitäten nach, wo einst ihre Leidenschaft – wie sagt man –
DER PFARRER brannte!
DER LEHRER Lichterloh! Da muß man schon an Shakespeare denken. Romeo und Julia. Meine Herren: Ich bin erschüttert. Zum ersten Male in Güllen fühle ich antike Größe.
DER BÜRGERMEISTER Vor allem wollen wir auf unseren guten Ill anstoßen, der sich jede nur erdenkliche Mühe gibt, unser Los zu bessern. Meine Herren, auf den beliebtesten Bürger der Stadt, auf meinen Nachfolger!

Sie stoßen an.

DER BÜRGERMEISTER Schon wieder Koffer.
DER POLIZIST Was die für ein Gepäck hat.

Der Wirtshausapostel schwebt wieder nach oben. Von links kommen die vier Bürger mit einer einfachen Holzbank, ohne Lehne, die sie links absetzen. Der Erste steigt auf die Bank, ein großes Kartonherz umgehängt mit den Buchstaben AK, die andern stellen sich im Halbkreis um ihn, breiten Zweige auseinander, markieren Bäume.

DER ERSTE Wir sind Fichten, Föhren, Buchen.
DER ZWEITE Wir sind dunkelgrüne Tannen.
DER DRITTE Moos und Flechten, Efeudickicht.
DER VIERTE Unterholz und Fuchsgeheg.

DER ERSTE Wolkenzüge, Vogelrufe.
DER ZWEITE Echte deutsche Wurzelwildnis.
DER DRITTE Fliegenpilze, scheue Rehe.
DER VIERTE Zweiggeflüster, alte Träume.

Aus dem Hintergrund kommen die zwei kaugummikauenden Monstren, die Sänfte mit Claire Zachanassian tragend, neben ihr Ill. Dahinter der Gatte VII *und ganz im Hintergrund der Butler, die beiden Blinden an der Hand führend.*

CLAIRE ZACHANASSIAN Der Konradsweilerwald, Roby und Toby, haltet mal an.
DIE BEIDEN BLINDEN Anhalten, Roby und Toby, anhalten, Boby und Moby.

Claire Zachanassian steigt aus der Sänfte, betrachtet den Wald.

CLAIRE ZACHANASSIAN Das Herz mit deinem und meinem Namen, Alfred. Fast verblichen und auseinandergezogen. Der Baum ist gewachsen, sein Stamm, seine Äste dick geworden wie wir selber. *Sie geht zu den anderen Bäumen.* Eine deutsche Baumgruppe. Ich ging schon lange nicht mehr im Walde meiner Jugend, stampfte schon lange nicht mehr durch Laub, durch violetten Efeu. Spaziert nun etwas hinter die Büsche, mit eurer Sänfte, ihr Kaugummikauer, ich mag eure Visagen nicht immer sehen. Und du, Moby, wandere nach rechts gegen den Bach zu deinen Fischen.

Die zwei Monstren mit der Sänfte links ab. Gatte VII *nach rechts, Claire Zachanassian setzt sich auf die Bank.*

CLAIRE ZACHANASSIAN Schau mal, ein Reh.

Der Dritte springt davon.

ILL Schonzeit. *Er setzt sich zu ihr.*

CLAIRE ZACHANASSIAN Auf diesem Findling küßten wir uns. Vor mehr als fünfundvierzig Jahren. Wir liebten uns unter diesen Sträuchern, unter dieser Buche, zwischen Fliegenpilzen im Moos. Ich war siebzehn und du noch nicht zwanzig. Dann hast du Mathilde Blumhard geheiratet mit ihrem Kleinwarenladen und ich den alten Zachanassian mit seinen Milliarden aus Armenien. Er fand mich in einem Hamburger Bordell. Meine roten Haare lockten ihn an, den alten, goldenen Maikäfer.

ILL Klara!

CLAIRE ZACHANASSIAN Eine Henry Clay, Boby.

DIE BEIDEN BLINDEN Eine Henry Clay, eine Henry Clay.

Der Butler kommt aus dem Hintergrund, reicht ihr eine Zigarre, gibt ihr Feuer.

CLAIRE ZACHANASSIAN Ich schätze Zigarren. Eigentlich sollte ich jene meines Mannes rauchen, aber ich traue ihnen nicht.

ILL Dir zuliebe habe ich Mathilde Blumhard geheiratet.

CLAIRE ZACHANASSIAN Sie hatte Geld.

ILL Du warst jung und schön. Dir gehörte die Zukunft. Ich wollte dein Glück. Da mußte ich auf das meine verzichten.

CLAIRE ZACHANASSIAN Nun ist die Zukunft gekommen.

ILL Wärest du hier geblieben, wärest du ebenso ruiniert wie ich.

CLAIRE ZACHANASSIAN Du bist ruiniert?
ILL Ein verkrachter Krämer in einem verkrachten Städtchen.
CLAIRE ZACHANASSIAN Nun habe ich Geld.
ILL Ich lebe in einer Hölle, seit du von mir gegangen bist.
CLAIRE ZACHANASSIAN Und ich bin die Hölle geworden.
ILL Ich schlage mich mit meiner Familie herum, die mir jeden Tag die Armut vorhält.
CLAIRE ZACHANASSIAN Mathildchen machte dich nicht glücklich?
ILL Hauptsache, daß du glücklich bist.
CLAIRE ZACHANASSIAN Deine Kinder?
ILL Ohne Sinn für Ideale.
CLAIRE ZACHANASSIAN Der wird ihnen schon aufgehen.

Er schweigt. Die beiden starren in den Wald ihrer Jugend.

ILL Ich führe ein lächerliches Leben. Nicht einmal recht aus dem Städtchen bin ich gekommen. Eine Reise nach Berlin und eine ins Tessin, das ist alles.
CLAIRE ZACHANASSIAN Wozu auch. Ich kenne die Welt.
ILL Weil du immer reisen konntest.
CLAIRE ZACHANASSIAN Weil sie mir gehört.

Er schweigt, und sie raucht.

ILL Nun wird sich alles ändern.
CLAIRE ZACHANASSIAN Gewiß.
ILL *lauernd* Du wirst uns helfen?
CLAIRE ZACHANASSIAN Ich lasse das Städtchen meiner Jugend nicht im Stich.
ILL Wir haben Millionen nötig.

CLAIRE ZACHANASSIAN Wenig.

ILL *begeistert* Wildkätzchen! *Er schlägt ihr gerührt auf ihren linken Schenkel und zieht die Hand schmerzerfüllt zurück.*

CLAIRE ZACHANASSIAN Das schmerzt. Du hast auf ein Scharnier meiner Prothese geschlagen.

Der Erste zieht aus der Hosentasche eine alte Tabakpfeife hervor und einen rostigen Hausschlüssel, klopft mit dem Schlüssel auf die Pfeife.

CLAIRE ZACHANASSIAN Ein Specht.

ILL Es ist wie einst, wie wir jung waren und kühn, da wir in den Konradsweilerwald gingen, in den Tagen unserer Liebe. Die Sonne hoch über den Tannen, eine helle Scheibe. Ferne Wolkenzüge und das Rufen des Kukkucks irgendwo in der Wurzelwildnis.

DER VIERTE Kuckuck! Kuckuck!

ILL *befühlt den Ersten* Kühles Holz und Wind in den Zweigen, ein Rauschen, wie die Brandung des Meeres. Wie einst, alles wie einst.

Die drei, die Bäume markieren, blasen, bewegen die Arme auf und ab.

ILL Wäre doch die Zeit aufgehoben, mein Zauberhexchen. Hätte uns doch das Leben nicht getrennt.

CLAIRE ZACHANASSIAN Das wünschest du?

ILL Dies, nur dies. Ich liebe dich doch! *Er küßt ihre rechte Hand.* Dieselbe kühle weiße Hand.

CLAIRE ZACHANASSIAN Irrtum. Auch eine Prothese. Elfenbein.

ILL *läßt entsetzt ihre Hand fahren* Klara, ist denn überhaupt alles Prothese an dir!

CLAIRE ZACHANASSIAN Fast. Von einem Flugzeugabsturz in Afghanistan. Kroch als einzige aus den Trümmern. Bin nicht umzubringen.

DIE BEIDEN BLINDEN Nicht umzubringen, nicht umzubringen.

Blasmusik ertönt, feierlich getragen. Der Wirtshausapostel senkt sich wieder herunter. Die Güllener tragen Tische herein, die Tischtücher erbärmlich zerfetzt. Gedeck, Speisen, ein Tisch in der Mitte, einer links und einer rechts, parallel zum Publikum. Der Pfarrer kommt aus dem Hintergrund. Weitere Güllener strömen herein, einer im Turnerleibchen. Der Bürgermeister, der Arzt, der Lehrer, der Polizist erscheinen wieder. Die Güllener klatschen Beifall. Der Bürgermeister kommt zur Bank, wo Claire Zachanassian und Ill sitzen, die Bäume sind wieder zu Bürgern geworden und haben sich nach hinten begeben.

DER BÜRGERMEISTER Der Beifallssturm galt Ihnen, verehrte gnädige Frau.

CLAIRE ZACHANASSIAN Er gilt der Stadtmusik, Bürgermeister. Sie bläst vortrefflich, und vorhin die Pyramide des Turnvereins war wunderschön.

Auf einen Wink des Bürgermeisters hin präsentiert sich der Turner den Anwesenden.

CLAIRE ZACHANASSIAN Ich liebe Männer in Leibchen und kurzen Hosen. Sie sehen so natürlich aus. Turnen Sie nochmal. Schwingen Sie jetzt die Arme nach hinten, Herr Turner, und dann gehen Sie in den Liegestütz.

Der Turner befolgt ihre Anweisungen.

CLAIRE ZACHANASSIAN Wundervoll, diese Muskeln! Haben Sie schon jemanden erwürgt mit Ihren Kräften?

Der Turner in Liegestützstellung sinkt vor Verwunderung auf die Knie.

DER TURNER Erwürgt?
ILL *lachend* Einen goldenen Humor besitzt die Klara! Zum Totlachen, diese Bonmots!
DER ARZT Ich weiß nicht! Solche Späße gehen durch Mark und Bein.

Turner nach hinten.

DER BÜRGERMEISTER Darf ich Sie zum Tisch begleiten? *Er führt Claire Zachanassian zum Tisch in der Mitte, stellt ihr seine Frau vor.* Meine Gattin.
CLAIRE ZACHANASSIAN *betrachtet die Gattin durch ihr Lorgnon* Annettchen Dummermuth, unsere Klassenerste.

Ill holt seine Frau, sie ist ausgemergelt, verbittert.

CLAIRE ZACHANASSIAN Mathildchen Blumhard. Erinnere mich, wie du hinter der Ladentüre auf Alfred lauertest. Mager bist du geworden und bleich, meine Gute.
ILL *heimlich* Millionen hat sie versprochen!

DER BÜRGERMEISTER *schnappt nach Luft* Millionen?

ILL Millionen.

DER ARZT Donnerwetter.

CLAIRE ZACHANASSIAN Nun habe ich Hunger, Bürgermeister.

DER BÜRGERMEISTER Wir warten nur auf Ihren Gatten, gnädige Frau.

CLAIRE ZACHANASSIAN Sie brauchen nicht zu warten. Er angelt, und ich lasse mich scheiden.

DER BÜRGERMEISTER Scheiden?

CLAIRE ZACHANASSIAN Auch Moby wird sich wundern. Heirate einen deutschen Filmschauspieler.

DER BÜRGERMEISTER Aber Sie sagten doch, sie führten eine glückliche Ehe!

CLAIRE ZACHANASSIAN Jede meiner Ehen ist glücklich. Aber es war mein Jugendtraum, im Güllener Münster getraut zu werden. Jugendträume muß man ausführen. Wird feierlich werden.

Alle setzen sich. Claire Zachanassian nimmt zwischen dem Bürgermeister und Ill Platz. Neben Ill sitzt Frau Ill und neben dem Bürgermeister dessen Gattin. Rechts hinter einem anderen Tisch der Lehrer, der Pfarrer und der Polizist, links die Vier. Weitere Ehrengäste mit Gattinnen im Hintergrund, wo das Spruchband leuchtet: Willkommen Kläri. Der Bürgermeister steht auf, freudestrahlend, schon die Serviette umgebunden, und klopft an sein Glas.

DER BÜRGERMEISTER Gnädige Frau, meine lieben Güllener. Es sind jetzt fünfundvierzig Jahre her, daß Sie unser Städtchen verlassen haben, welches vom Kurfürsten Hasso dem Noblen gegründet, so freundlich zwischen dem Konradsweilerwald und der Niederung von Pückenried gebettet liegt. Fünfundvierzig Jahre, mehr als vier Jahrzehnte, eine Menge Zeit. Vieles hat sich inzwischen ereignet, viel Bitteres. Traurig ist es der Welt ergangen, traurig uns. Doch haben wir Sie, gnädige Frau – unsere Kläri – *Beifall* – nie vergessen. Weder Sie, noch Ihre Familie. Die prächtige, urgesunde Mutter, die ganz in ihrer Ehe aufging – *Ill flüstert ihm etwas zu* – leider allzufrüh entschwunden, der volkstümliche Vater, der beim Bahnhof ein von Fachkreisen und Laien stark besuchtes – *Ill flüstert ihm etwas zu* – stark beachtetes Gebäude errichtete, leben in Gedanken noch unter uns, als unsere Besten, Wackersten. Und gar Sie, gnädige Frau – als blond – *Ill flüstert ihm etwas zu* – rotgelockter Wildfang tollten Sie durch unsere nun leider verlotterten Gassen – wer kannte Sie nicht. Schon damals spürte jeder den Zauber Ihrer Persönlichkeit, ahnte den kommenden Aufstieg zu der schwindelnden Höhe der Menschheit. *Er zieht das Notizbüchlein hervor.* Unvergessen sind Sie geblieben. In der Tat. Ihre Leistung in der Schule wird noch jetzt von der Lehrerschaft als Vorbild hingestellt, waren Sie doch besonders im wichtigsten Fach erstaunlich, in der Pflanzen- und Tierkunde, als Ausdruck Ihres Mitgefühls zu allem Kreatürlichen, Schutzbedürftigen. Ihre Gerechtigkeitsliebe und Ihr Sinn für Wohltätigkeit erregte schon damals die Bewunderung weiter Kreise. *Riesiger Beifall.* Hatte doch unser Kläri einer armen alten Witwe Nahrung verschafft, indem sie mit ihrem mühsam bei Nachbarn verdienten Taschengeld Kartoffeln kaufte und sie so vor dem Hungertode bewahrte, um nur eine ihrer barmherzigen Handlungen zu erwähnen. *Riesiger Beifall.* Gnädige Frau, liebe Güllener, die zarten Keime so erfreulicher Anlagen haben sich denn nun kräftig entwickelt, aus dem rotgelockten Wildfang wurde eine Dame, die die Welt mit ihrer Wohltätigkeit überschüttet, man denke nur an ihre Sozialwerke, an ihre Müttersanatorien und Suppenanstalten, an ihre Künstlerhilfe und Kinderkrippen, und so möchte ich der nun Heimgefundenen zurufen: Sie lebe hoch, hoch, hoch!

Beifall. Claire Zachanassian erhebt sich.

CLAIRE ZACHANASSIAN Bürgermeister, Güllener. Eure selbstlose Freude über meinen Besuch rührt mich. Ich war zwar ein etwas anderes Kind, als ich nun in der Rede des Bürgermeisters vorkomme, in der Schule wurde ich geprügelt, und die Kartoffeln für die Witwe Boll habe ich gestohlen, gemeinsam mit Ill, nicht um die alte Kupplerin vor dem Hungertode zu bewahren, sondern um mit Ill einmal in einem Bett zu liegen, wo es bequemer war als im Konradsweilerwald oder in der Peterschen Scheune. Um jedoch meinen Beitrag an eure Freude zu leisten, will ich gleich erklären, daß ich bereit bin, Güllen eine Milliarde zu schenken. Fünfhundert Millionen der Stadt und fünfhundert Millionen verteilt auf alle Familien.

Totenstille.

DER BÜRGERMEISTER *stotternd* Eine Milliarde.

Alle immer noch in Erstarrung.

CLAIRE ZACHANASSIAN Unter einer Bedingung.

Alle brechen in einen unbeschreiblichen Jubel aus. Tanzen herum, stehen auf die Stühle, der Turner turnt usw. Ill trommelt sich begeistert auf die Brust.

ILL Die Klara! Goldig! Wunderbar! Zum Kugeln! Voll und ganz mein Zauberhexchen! *Er küßt sie.*

DER BÜRGERMEISTER Unter einer Bedingung, haben gnädige Frau gesagt. Darf ich diese Bedingung wissen?

CLAIRE ZACHANASSIAN Ich will die Bedingung nennen. Ich gebe euch eine Milliarde und kaufe mir dafür die Gerechtigkeit.

Totenstille.

DER BÜRGERMEISTER Wie ist dies zu verstehen, gnädige Frau?

CLAIRE ZACHANASSIAN Wie ich es sagte.

DER BÜRGERMEISTER Die Gerechtigkeit kann man doch nicht kaufen!

CLAIRE ZACHANASSIAN Man kann alles kaufen.

DER BÜRGERMEISTER Ich verstehe immer noch nicht.

CLAIRE ZACHANASSIAN Tritt vor, Boby.

Der Butler tritt von rechts in die Mitte zwischen die drei Tische, zieht die dunkle Brille ab.

DER BUTLER Ich weiß nicht, ob mich noch jemand von euch erkennt.

DER LEHRER Der Oberrichter Hofer.

DER BUTLER Richtig. Der Oberrichter Hofer. Ich war vor

fünfundvierzig Jahren Oberrichter in Güllen und kam dann ins Kaffiger Appellationsgericht, bis mir vor nun fünfundzwanzig Jahren Frau Zachanassian das Angebot machte, als Butler in ihre Dienste zu treten. Ich habe angenommen. Eine für einen Akademiker vielleicht etwas seltsame Karriere, doch die angebotene Besoldung war derart phantastisch –

CLAIRE ZACHANASSIAN Komm zum Fall, Boby.

DER BUTLER Wie ihr vernommen habt, bietet Frau Claire Zachanassian eine Milliarde und will dafür Gerechtigkeit. Mit anderen Worten: Frau Claire Zachanassian bietet eine Milliarde, wenn ihr das Unrecht wiedergutmacht, das Frau Zachanassian in Güllen angetan wurde. Herr Ill, darf ich bitten.

Ill steht auf, bleich, gleichzeitig erschrocken und verwundert.

ILL Was wollen Sie von mir?

DER BUTLER Treten Sie vor, Herr Ill.

ILL Bitte. *Er tritt vor den Tisch rechts. Lacht verlegen. Zuckt die Achseln.*

DER BUTLER Es war im Jahre 1910. Ich war Oberrichter in Güllen und hatte eine Vaterschaftsklage zu behandeln. Claire Zachanassian, damals Klara Wäscher, klagte Sie, Herr Ill, an, der Vater ihres Kindes zu sein.

Ill schweigt.

DER BUTLER Sie bestritten damals die Vaterschaft, Herr Ill. Sie hatten zwei Zeugen mitgebracht.

ILL Alte Geschichten. Ich war jung und unbesonnen.

CLAIRE ZACHANASSIAN Führt Koby und Loby vor, Toby und Roby.

Die beiden kaugummikauenden Monstren führen die beiden blinden Eunuchen, die sich fröhlich an der Hand halten, in die Mitte der Bühne.

DIE BEIDEN Wir sind zur Stelle, wir sind zur Stelle!
DER BUTLER Erkennen Sie die beiden, Herr Ill.

Ill schweigt.

DIE BEIDEN Wir sind Koby und Loby, wir sind Koby und Loby.
ILL Ich kenne sie nicht.
DIE BEIDEN Wir haben uns verändert, wir haben uns verändert.
DER BUTLER Nennt eure Namen.
DER ERSTE Jakob Hühnlein, Jakob Hühnlein.
DER ZWEITE Ludwig Sparr, Ludwig Sparr.
DER BUTLER Nun, Herr Ill.
ILL Ich weiß nichts von ihnen.
DER BUTLER Jakob Hühnlein und Ludwig Sparr, kennt ihr Herrn Ill?
DIE BEIDEN Wir sind blind, wir sind blind.
DER BUTLER Kennt ihr ihn an seiner Stimme?
DIE BEIDEN An seiner Stimme, an seiner Stimme.
DER BUTLER 1910 war ich der Richter und ihr die Zeugen. Was habt ihr geschworen, Ludwig Sparr und Jakob Hühnlein, vor dem Gericht zu Güllen?
DIE BEIDEN Wir hätten mit Klara geschlafen, wir hätten mit Klara geschlafen.

DER BUTLER So habt ihr vor mir geschworen. Vor dem Gericht, vor Gott. War dies die Wahrheit?

DIE BEIDEN Wir haben falsch geschworen, wir haben falsch geschworen.

DER BUTLER Warum, Ludwig Sparr und Jakob Hühnlein?

DIE BEIDEN Ill hat uns bestochen, Ill hat uns bestochen.

DER BUTLER Womit?

DIE BEIDEN Mit einem Liter Schnaps, mit einem Liter Schnaps.

CLAIRE ZACHANASSIAN Erzählt nun, was ich mit euch getan habe, Koby und Loby.

DER BUTLER Erzählt es.

DIE BEIDEN Die Dame ließ uns suchen, die Dame ließ uns suchen.

DER BUTLER So ist es. Claire Zachanassian ließ euch suchen. In der ganzen Welt. Jakob Hühnlein war nach Kanada ausgewandert und Ludwig Sparr nach Australien. Aber sie fand euch. Was hat sie dann mit euch getan?

DIE BEIDEN Sie gab uns Toby und Roby. Sie gab uns Toby und Roby.

DER BUTLER Und was haben Toby und Roby mit euch gemacht?

DIE BEIDEN Kastriert und geblendet, kastriert und geblendet.

DER BUTLER Dies ist die Geschichte: Ein Richter, ein Angeklagter, zwei falsche Zeugen, ein Fehlurteil im Jahre 1910. Ist es nicht so, Klägerin?

Claire Zachanassian steht auf.

ILL *stampft auf den Boden* Verjährt, alles verjährt! Eine alte, verrückte Geschichte.

DER BUTLER Was geschah mit dem Kind, Klägerin?
CLAIRE ZACHANASSIAN *leise* Es lebte ein Jahr.
DER BUTLER Was geschah mit Ihnen?
CLAIRE ZACHANASSIAN Ich wurde eine Dirne.
DER BUTLER Weshalb?
CLAIRE ZACHANASSIAN Das Urteil des Gerichts machte mich dazu.
DER BUTLER Und nun wollen Sie Gerechtigkeit, Claire Zachanassian?
CLAIRE ZACHANASSIAN Ich kann sie mir leisten. Eine Milliarde für Güllen, wenn jemand Alfred Ill tötet.

Totenstille.

FRAU ILL *stürzt auf Ill zu, umklammert ihn* Fredi!
ILL Zauberhexchen! Das kannst du doch nicht fordern! Das Leben ging doch längst weiter!
CLAIRE ZACHANASSIAN Das Leben ging weiter, aber ich habe nichts vergessen, Ill. Weder den Konradsweilerwald noch die Petersche Scheune, weder die Schlafkammer der Witwe Boll noch deinen Verrat. Nun sind wir alt geworden, beide, du verkommen und ich von den Messern der Chirurgen zerfleischt, und jetzt will ich, daß wir abrechnen, beide: Du hast dein Leben gewählt und mich in das meine gezwungen. Du wolltest, daß die Zeit aufgehoben würde, eben, im Wald unserer Jugend, voll von Vergänglichkeit. Nun habe ich sie aufgehoben, und nun will ich Gerechtigkeit, Gerechtigkeit für eine Milliarde.

Der Bürgermeister steht auf, bleich, würdig.

DER BÜRGERMEISTER Frau Zachanassian: Noch sind wir in Europa, noch sind wir keine Heiden. Ich lehne im Namen der Stadt Güllen das Angebot ab. Im Namen der Menschlichkeit. Lieber bleiben wir arm denn blutbefleckt.

Riesiger Beifall.

CLAIRE ZACHANASSIAN Ich warte.

Zweiter Akt

Das Städtchen, nur angedeutet. Im Hintergrund das ›Hotel zum Goldenen Apostel‹. Von außen. Verlotterte Jugendstilfassade. Balkon. Rechts eine Inschrift: Alfred Ill, Handlung. Darunter ein schmutziger Ladentisch, dahinter ein Regal mit alten Waren. Wenn jemand durch die fingierte Ladentüre kommt, ertönt eine dünne Glocke. Links Inschrift: Polizei. Darunter ein Holztisch mit einem Telephon. Zwei Stühle. Es ist Morgen. Roby und Toby tragen von links kaugummikauend Kränze, Blumen wie zu einer Beerdigung über die Bühne nach hinten ins Hotel. Ill schaut ihnen durchs Fenster zu. Seine Tochter fegt auf den Knien den Boden. Sein Sohn steckt eine Zigarette in den Mund.

ILL Kränze.
DER SOHN Jeden Morgen bringen sie die vom Bahnhof.
ILL Für den leeren Sarg im ›Goldenen Apostel‹.
DER SOHN Schüchtert niemand ein.
ILL Das Städtchen steht zu mir.

Der Sohn zündet die Zigarette an.

ILL Kommt die Mutter zum Frühstück?
DIE TOCHTER Sie bleibe oben. Sie sei müde.
ILL Eine gute Mutter habt ihr, Kinder. Ich muß es einmal sagen. Eine gute Mutter. Sie soll oben bleiben, sie soll

sich schonen. Dann frühstücken wir miteinander. Das haben wir schon lange nicht getan. Ich stifte Eier und eine Büchse amerikanischen Schinken. Wir wollen es feudal haben. Wie in den guten Zeiten, als noch die Platz-an-der-Sonne-Hütte florierte.

DER SOHN Du mußt mich entschuldigen. *Er drückt die Zigarette aus.*

ILL Du willst nicht mit uns essen, Karl?

DER SOHN Ich gehe zum Bahnhof. Ein Arbeiter ist krank. Die brauchen vielleicht Ersatz.

ILL Bahnarbeit in der prallen Sonne ist keine Beschäftigung für meinen Jungen.

DER SOHN Besser eine als keine. *Er geht davon.*

DIE TOCHTER *steht auf* Ich gehe auch, Vater.

ILL Du auch. So. Wohin denn, wenn ich das Fräulein Tochter fragen darf?

DIE TOCHTER Aufs Arbeitsamt. Vielleicht gibt es eine Stelle. *Sie geht davon.*

ILL *gerührt, niest in sein Taschentuch* Gute Kinder, brave Kinder.

Vom Balkon her dringen einige Gitarrentakte.

DIE STIMME CLAIRE ZACHANASSIANS Reich mir mein linkes Bein herüber, Boby.

DIE STIMME DES BUTLERS Ich kann es nicht finden.

DIE STIMME CLAIRE ZACHANASSIANS Hinter den Verlobungsblumen auf der Kommode.

Zu Ill kommt der erste Kunde (der Erste).

ILL Guten Morgen, Hofbauer.
DER ERSTE Zigaretten.
ILL Wie jeden Morgen.
DER ERSTE Nicht die, möchte die Grünen.
ILL Teurer.
DER ERSTE Schreiben's auf.
ILL Weil Sie es sind, Hofbauer, und weil wir zusammenhalten müssen.
DER ERSTE Da spielt jemand Gitarre.
ILL Einer der Gangster aus Sing-Sing.

Aus dem Hotel kommen die beiden Blinden, Angelruten und andere zum Fischen nötige Utensilien tragend.

DIE BEIDEN Einen schönen Morgen, Alfred, einen schönen Morgen.
ILL Hol euch der Teufel.
DIE BEIDEN Wir gehen fischen, wir gehen fischen. *Sie ziehen nach links davon.*
DER ERSTE Gehen zum Güllenbach.
ILL Mit den Angelruten ihres siebenten Mannes.
DER ERSTE Soll seine Tabakplantagen verloren haben.
ILL Gehören auch der Milliardärin.
DER ERSTE Dafür wird's eine Riesenhochzeit mit ihrem achten. Gestern wurde Verlobung gefeiert.

Auf den Balkon im Hintergrund kommt Claire Zachanassian, im Morgenrock. Bewegt die rechte Hand, das linke Bein. Dazu vielleicht einzelne auf der Gitarre gezupfte Klänge, die in der Folge diese Balkonszene begleiten, ein wenig wie beim Rezitativ einer Oper, je nach dem Sinn der Texte, bald Walzer, bald Fetzen verschiedener Nationalhymnen usw.

CLAIRE ZACHANASSIAN Ich bin wieder montiert. Die armenische Volksweise, Roby.

Eine Gitarrenmelodie.

CLAIRE ZACHANASSIAN Zachanassians Lieblingsstück. Er wollte es immer hören. Jeden Morgen. Er war ein klassischer Mann, der alte Finanzriese mit seiner unermeßlichen Ölflotte und seinen Rennställen, besaß noch Milliarden. Da lohnte sich eine Ehe noch. War ein großer Lehr- und Tanzmeister, bewandert in sämtlichen Teufeleien, habe ihm alle abgeguckt.

Zwei Frauen kommen. Sie geben Ill die Milchkessel.

DIE ERSTE FRAU Milch, Herr Ill.
DIE ZWEITE FRAU Mein Kessel, Herr Ill.
ILL Schönen guten Morgen. Einen Liter Milch für jede der Damen.

Er öffnet einen Milchkessel und will Milch schöpfen.

DIE ERSTE FRAU Vollmilch, Herr Ill.
DIE ZWEITE FRAU Zwei Liter Vollmilch, Herr Ill.
ILL Vollmilch. *Er öffnet einen anderen Kessel und schöpft Milch.*

Claire Zachanassian betrachtet den Morgen durch ihr Lorgnon.

CLAIRE ZACHANASSIAN Ein schöner Herbstmorgen. Leichter Nebel in den Gassen, ein silbriger Rauch, und darüber ein veilchenblauer Himmel, wie ihn Graf Holk pinselte, mein dritter, der Außenminister. Beschäftigte sich mit Malerei in den Ferien. Sie war scheußlich. *Sie setzt sich umständlich.* Der ganze Graf war scheußlich.

DIE ERSTE FRAU Und Butter. Zweihundert Gramm.
DIE ZWEITE FRAU Und Weißbrot. Zwei Kilo.
ILL Wohl geerbt, die Damen, wohl geerbt.
DIE BEIDEN FRAUEN Schreiben's auf.
ILL Alle für einen, einer für alle.
DIE ERSTE FRAU Noch Schokolade für zwei zwanzig.
DIE ZWEITE FRAU Vier vierzig.
ILL Auch aufschreiben?
DIE ERSTE FRAU Auch.
DIE ZWEITE FRAU Die essen wir hier, Herr Ill.
DIE ERSTE FRAU Bei Ihnen ist es am schönsten, Herr Ill.

Sie setzen sich in den Hintergrund das Ladens und essen Schokolade.

CLAIRE ZACHANASSIAN Eine Winston. Ich will doch einmal die Sorte meines siebenten Gatten probieren, jetzt wo er geschieden ist, der arme Moby, mit seiner Fischleidenschaft. Traurig wird er im D-Zug nach

Portugal sitzen. In Lissabon nimmt ihn einer meiner Öltanker nach Brasilien mit.

Der Butler reicht ihr eine Zigarre, gibt ihr Feuer.

DER ERSTE Da sitzt sie auf ihrem Balkon und schmaucht ihre Zigarre.

ILL Immer sündhaft teure Sorten.

DER ERSTE Verschwendung. Sollte sich schämen angesichts einer verarmten Menschheit.

CLAIRE ZACHANASSIAN *rauchend* Merkwürdig. Schmeckt anständig.

ILL Sie hat sich verrechnet. Ich bin ein alter Sünder, Hofbauer, wer ist dies nicht. Es war ein böser Jugendstreich, den ich ihr spielte, doch wie da alle den Antrag abgelehnt haben, die Güllener im ›Goldenen Apostel‹, einmütig, trotz dem Elend, war's die schönste Stunde in meinem Leben.

CLAIRE ZACHANASSIAN Whisky, Boby. Pur.

Ein zweiter Kunde kommt, verarmt und verrissen, wie alle (Der Zweite).

DER ZWEITE Guten Morgen. Wird heiß werden heute.

DER ERSTE Die Schönwetterperiode dauert an.

ILL Eine Kundschaft habe ich diesen Morgen. Sonst die ganze Zeit niemand, und nun strömt's seit einigen Tagen.

DER ERSTE Wir stehen eben zu Ihnen. Zu unserem Ill. Felsenfest.

DIE FRAUEN *Schokolade essend* Felsenfest, Herr Ill, felsenfest.

DER ZWEITE Du bist schließlich die beliebteste Persönlichkeit.

DER ERSTE Die wichtigste.

DER ZWEITE Wirst im Frühling zum Bürgermeister gewählt.

DER ERSTE Todsicher.

DIE FRAUEN *Schokolade essend* Todsicher, Herr Ill, todsicher.

DER ZWEITE Schnaps.

Ill greift ins Regal.

Der Butler serviert Whisky.

CLAIRE ZACHANASSIAN Weck den Neuen. Ich habe es nicht gern, wenn meine Männer so lange schlafen.

ILL Drei zehn.

DER ZWEITE Nicht den.

ILL Den trankst du doch immer.

DER ZWEITE Kognak.

ILL Kostet zwanzig fünfunddreißig. Kann sich niemand leisten.

DER ZWEITE Man muß sich auch etwas gönnen.

Über die Bühne rast ein fast halbnacktes Mädchen, Toby hinterher.

DIE ERSTE FRAU *Schokolade essend* Ein Skandal, wie's die Luise treibt.

DIE ZWEITE FRAU *Schokolade essend* Dabei ist die doch verlobt mit dem blonden Musiker von der Berthold-Schwarz-Straße.

Ill nimmt den Kognak herunter.

ILL Bitte.

DER ZWEITE Und Tabak. Für die Pfeife.

ILL Schön.

DER ZWEITE Import.

Ill rechnet alles zusammen.

Auf den Balkon kommt der Gatte VIII, *Filmschauspieler, groß, schlank, roter Schnurrbart, im Morgenrock. Er kann vom gleichen Schauspieler dargestellt werden wie Gatte* VII.

GATTE VIII Hopsi, ist es nicht wundervoll: unser erstes Frühstück als Jungverlobte. Wie ein Traum. Ein kleiner Balkon, eine rauschende Linde, ein plätschernder Rathausbrunnen, einige Hühner, die quer über das Pflaster rennen, irgendwo schwatzende Hausfrauen mit ihren kleinen Sorgen, und hinter den Dächern der Turm des Münsters!

CLAIRE ZACHANASSIAN Setz dich, Hoby, rede nicht. Die Landschaft seh ich selber, und Gedanken sind nicht deine Stärke.

DER ZWEITE Nun sitzt auch der Gatte da oben.
DIE ERSTE FRAU *Schokolade essend* Der achte.
DIE ZWEITE FRAU *Schokolade essend* Ein schöner Mann, ein Filmschauspieler. Meine Tochter sah ihn als Wilderer in einem Ganghoferfilm.
DIE ERSTE FRAU Und ich als Priester in einem Graham Greene.

Claire Zachanassian wird von Gatte VIII geküßt. Gitarrenakkord.

DER ZWEITE Für Geld kann man eben alles haben. *Er spuckt aus.*
DER ERSTE Nicht bei uns. *Er schlägt mit der Faust auf den Tisch.*
ILL Dreiundzwanzig achtzig.
DER ZWEITE Schreib's auf.
ILL Diese Woche will ich eine Ausnahme machen, doch daß du mir am Ersten zahlst, wenn die Arbeitslosenunterstützung fällig ist.

Der Zweite geht zur Türe.

ILL Helmesberger!

Er bleibt stehen. Ill kommt zu ihm.

ILL Du hast neue Schuhe. Gelbe neue Schuhe.
DER ZWEITE Nun?
ILL *blickt nach den Füßen des Ersten* Auch du, Hofbauer. Auch du hast neue Schuhe. *Er blickt nach den*

Frauen, geht zu ihnen, langsam, grauenerfüllt. Auch ihr. Neue gelbe Schuhe. Neue gelbe Schuhe.

DER ERSTE Ich weiß nicht, was du daran findest.

DER ZWEITE Man kann doch nicht ewig in den alten Schuhen herumlaufen.

ILL Neue Schuhe. Wie konntet ihr neue Schuhe kaufen?

DIE FRAUEN Wir ließen's aufschreiben, Herr Ill, wir ließen's aufschreiben.

ILL Ihr ließet's aufschreiben. Auch bei mir ließet ihr's aufschreiben. Besseren Tabak, bessere Milch, Kognak. Warum habt ihr denn auf einmal Kredit in den Geschäften?

DER ZWEITE Bei dir haben wir ja auch Kredit.

ILL Womit wollt ihr zahlen?

Schweigen. Er beginnt die Kundschaft mit Waren zu bewerfen. Alle flüchten.

ILL Womit wollt ihr zahlen? Womit wollt ihr zahlen? Womit? Womit? *Er stürzt nach hinten.*

GATTE VIII Lärm im Städtchen.

CLAIRE ZACHANASSIAN Kleinstadtleben.

GATTE VIII Scheint etwas los zu sein im Laden da unten.

CLAIRE ZACHANASSIAN Man wird sich um den Fleischpreis streiten.

Starker Gitarrenakkord. Gatte VIII springt entsetzt auf.

GATTE VIII Um Gotteswillen, Hopsi! Hast du gehört?

CLAIRE ZACHANASSIAN Der schwarze Panther. Er fauchte.

GATTE VIII *verwundert* Ein schwarzer Panther?
CLAIRE ZACHANASSIAN Vom Pascha von Marrakesch. Ein Geschenk. Läuft nebenan im Salon herum. Ein großes, böses Kätzchen mit funkelnden Augen.

An den Tisch links setzt sich der Polizist. Trinkt Bier. Er spricht langsam und bedächtig. Von hinten kommt Ill.

CLAIRE ZACHANASSIAN Du kannst servieren, Boby.

DER POLIZIST Was wünschen Sie, Ill? Nehmen Sie Platz.

Ill bleibt stehen.

DER POLIZIST Sie zittern.
ILL Ich verlange die Verhaftung der Claire Zachanassian.
DER POLIZIST *stopft sich eine Pfeife, zündet sie gemächlich an* Merkwürdig. Äußerst merkwürdig.

Der Butler serviert das Morgenessen, bringt die Post.

ILL Ich verlange es als der zukünftige Bürgermeister.
DER POLIZIST *Rauchwolken paffend* Die Wahl ist noch nicht vorgenommen.
ILL Verhaften Sie die Dame auf der Stelle.
DER POLIZIST Das heißt, Sie wollen die Dame anzeigen. Ob sie dann verhaftet wird, entscheidet die Polizei. Hat sie was verbrochen?

ILL Sie fordert die Einwohner unserer Stadt auf, mich zu töten.

DER POLIZIST Und nun soll ich die Dame einfach verhaften. *Er schenkt sich Bier ein.*

CLAIRE ZACHANASSIAN Die Post. Ike schreibt. Nehru. Sie lassen gratulieren.

ILL Ihre Pflicht.

DER POLIZIST Merkwürdig. Äußerst merkwürdig. *Er trinkt Bier.*

ILL Die natürlichste Sache der Welt.

DER POLIZIST Lieber Ill, so natürlich ist die Sache nicht. Untersuchen wir den Fall nüchtern. Die Dame machte der Stadt Güllen den Vorschlag, Sie gegen eine Milliarde – Sie wissen ja, was ich meine. Das stimmt, ich war dabei. Doch damit ist für die Polizei noch kein Grund geschaffen, gegen Frau Claire Zachanassian einzuschreiten. Wir sind schließlich an die Gesetze gebunden.

ILL Anstiftung zum Mord.

DER POLIZIST Passen Sie mal auf, Ill. Eine Anstiftung zum Mord liegt nur dann vor, wenn der Vorschlag, Sie zu ermorden, ernst gemeint ist. Das ist doch klar.

ILL Meine ich auch.

DER POLIZIST Eben. Nun kann der Vorschlag nicht ernst gemeint sein, weil der Preis von einer Milliarde übertrieben ist, das müssen Sie doch selber zugeben, für so was bietet man tausend oder vielleicht zweitausend, mehr bestimmt nicht, da können Sie Gift drauf nehmen, was wiederum beweist, daß der Vorschlag nicht ernst gemeint war, und sollte er ernst gemeint sein, so kann die Polizei die Dame nicht ernst nehmen, weil sie dann verrückt ist: Kapiert?

ILL Der Vorschlag bedroht mich, Polizeiwachtmeister, ob die Dame nun verrückt ist oder nicht. Das ist doch logisch.

DER POLIZIST Unlogisch. Sie können nicht durch einen Vorschlag bedroht werden, sondern nur durch das Ausführen eines Vorschlags. Zeigen Sie mir einen wirklichen Versuch, diesen Vorschlag auszuführen, etwa einen Mann, der ein Gewehr auf Sie richtet, und ich komme in Windeseile. Doch gerade diesen Vorschlag will ja niemand ausführen, im Gegenteil. Die Kundgebung im ›Goldenen Apostel‹ war äußerst eindrucksvoll. Ich muß Ihnen nachträglich gratulieren. *Er trinkt Bier.*

ILL Ich bin nicht ganz so sicher, Polizeiwachtmeister.

DER POLIZIST Nicht ganz so sicher?

ILL Meine Kunden kaufen bessere Milch, besseres Brot, bessere Zigaretten.

DER POLIZIST Freuen Sie sich doch! Ihr Geschäft geht ja dann besser. *Er trinkt Bier.*

CLAIRE ZACHANASSIAN Laß die Dupont-Aktien aufkaufen, Boby.

ILL Kognak kaufte Helmesberger bei mir. Dabei verdient er seit Jahren nicht und lebt von der Suppenanstalt.

DER POLIZIST Den Kognak werde ich heute abend probieren. Ich bin bei Helmesberger eingeladen. *Er trinkt Bier.*

ILL Alle tragen neue Schuhe. Neue gelbe Schuhe.

DER POLIZIST Was Sie nur gegen neue Schuhe haben? Ich trage schließlich auch neue Schuhe. *Er zeigt seine Füße.*

ILL Auch Sie.

DER POLIZIST Sehn Sie.

ILL Auch gelbe. Und trinken Pilsener Bier.

DER POLIZIST Es schmeckt.

ILL Vorher haben Sie das hiesige getrunken.

DER POLIZIST War gräßlich.

Radiomusik.

ILL Hören Sie?

DER POLIZIST Nun?

ILL Musik.

DER POLIZIST Die ›Lustige Witwe‹.

ILL Ein Radio.

DER POLIZIST Beim Hagholzer nebenan. Er sollte das Fenster schließen. *Er notiert in sein Büchlein.*

ILL Wie kommt Hagholzer zu einem Radio?

DER POLIZIST Seine Angelegenheit.

ILL Und Sie, Polizeiwachtmeister, womit wollen Sie Ihr Pilsener Bier bezahlen und Ihre neuen Schuhe?

DER POLIZIST Meine Angelegenheit.

Das Telephon auf dem Tisch klingelt. Der Polizist nimmt es ab.

DER POLIZIST Polizeiposten Güllen.

CLAIRE ZACHANASSIAN Telephoniere den Russen, Boby, ich sei mit ihrem Vorschlag einverstanden.

DER POLIZIST In Ordnung. *Er legt das Telephon wieder auf.*

ILL Meine Kunden, womit sollen die bezahlen?

DER POLIZIST Das geht die Polizei nichts an. *Er steht auf und nimmt das Gewehr von der Stuhllehne.*

ILL Aber mich geht's an. Denn mit mir werden sie zahlen.

DER POLIZIST Kein Mensch bedroht Sie. *Er beginnt das Gewehr zu laden.*

ILL Die Stadt macht Schulden. Mit den Schulden steigt der Wohlstand. Mit dem Wohlstand die Notwendigkeit, mich zu töten. Und so braucht die Dame nur auf ihrem Balkon zu sitzen, Kaffee zu trinken, Zigarren zu rauchen und zu warten. Nur zu warten.

DER POLIZIST Sie fabeln.

ILL Ihr alle wartet. *Er klopft auf den Tisch.*

DER POLIZIST Sie haben zuviel Schnaps getrunken. *Er hantiert am Gewehr.* So, nun ist es geladen. Sie können beruhigt sein. Die Polizei ist da, den Gesetzen Respekt zu verschaffen, für Ordnung zu sorgen, den Bürger zu schützen. Sie weiß, was ihre Pflicht ist. Sollte sich irgendwo und von irgendeiner Seite der leiseste Verdacht einer Bedrohung zeigen, wird sie einschreiten, Herr Ill, darauf können Sie sich verlassen.

ILL *leise* Warum haben Sie denn einen Goldzahn im Mund, Polizeiwachtmeister?

DER POLIZIST He?

ILL Einen neuen blitzenden Goldzahn.

DER POLIZIST Wohl verrückt?

Nun sieht Ill, daß der Lauf des Gewehres auf ihn gerichtet ist, und hebt langsam die Hände.

DER POLIZIST Ich habe keine Zeit, über Ihre Hirngespinste zu disputieren, Mann. Ich muß gehen. Der verschrobenen Milliardärin ist das Schoßhündchen fortgelaufen. Der schwarze Panther. Ich muß ihn jagen. Das ganze Städtchen muß ihn jagen. *Er geht nach hinten hinaus.*

ILL Mich jagt ihr, mich.

CLAIRE ZACHANASSIAN *liest einen Brief* Er kommt, der Modeschöpfer. Mein fünfter Mann, mein schönster Mann. Entwarf noch jedes meiner Hochzeitskleider. Ein Menuett, Roby.

Ein Gitarrenmenuett ertönt.

GATTE VIII Aber dein fünfter war doch Chirurg.

CLAIRE ZACHANASSIAN Mein sechster. *Sie öffnet einen weiteren Brief.* Vom Western-Railway-Besitzer.

GATTE VIII *erstaunt* Von dem weiß ich gar nichts.

CLAIRE ZACHANASSIAN Mein vierter. Verarmt. Seine Aktien gehören mir. Verführte ihn im Buckingham-Palast. Beim Lichte des Vollmonds.

GATTE VIII Das war doch Lord Ismael.

CLAIRE ZACHANASSIAN Tatsächlich. Du hast recht, Hoby. Vergaß ihn ganz mit seinem Schloß in Yorkshire. Dann ist es mein zweiter, der schreibt. Lernte ihn in

Kairo kennen. Küßten uns unter der Sphinx. War ein eindrucksvoller Abend. Auch Vollmond. Kurios: immer schien der Vollmond.

Rechts Verwandlung. Die Inschrift ›Stadthaus‹ senkt sich herunter. Der Dritte kommt, schafft die Ladenkasse fort, rückt den Ladentisch etwas anders, der nun als Pult verwendet werden kann. Der Bürgermeister kommt. Legt einen Revolver aufs Pult, setzt sich. Von links kommt Ill. An der Wand hängt ein Bauplan.

ILL Ich habe mit Ihnen zu reden, Bürgermeister.
DER BÜRGERMEISTER Nehmen Sie Platz.
ILL Von Mann zu Mann. Als Ihr Nachfolger.
DER BÜRGERMEISTER Bitte.

Ill bleibt stehen, blickt auf den Revolver.

DER BÜRGERMEISTER Der Panther der Frau Zachanassian ist los. Er klettert in der Kathedrale herum. Da muß man sich bewaffnen.
ILL Gewiß.
DER BÜRGERMEISTER Habe die Männer aufgeboten, die Gewehre besitzen. Die Kinder werden in der Schule zurückbehalten.
ILL *mißtrauisch* Ein etwas großer Aufwand.
DER BÜRGERMEISTER Raubtierjagd.

Der Butler kommt.

DER BUTLER Der Präsident der Weltbank, gnädige Frau. Eben von New York hergeflogen.

CLAIRE ZACHANASSIAN Ich bin nicht zu sprechen. Er soll wieder zurückfliegen.

DER BÜRGERMEISTER Was haben Sie auf dem Herzen? Reden Sie frei von der Leber weg.

ILL *mißtrauisch* Sie rauchen da eine gute Sorte.

DER BÜRGERMEISTER Eine blonde Pegasus.

ILL Ziemlich teuer.

DER BÜRGERMEISTER Dafür anständig.

ILL Vorher rauchten Herr Bürgermeister was anderes.

DER BÜRGERMEISTER Rößli fünf.

ILL Billiger.

DER BÜRGERMEISTER Allzu starker Tabak.

ILL Eine neue Krawatte?

DER BÜRGERMEISTER Seide.

ILL Und Schuhe haben Sie wohl auch gekauft?

DER BÜRGERMEISTER Ich ließ sie von Kalberstadt kommen. Komisch, woher wissen Sie das?

ILL Deshalb bin ich gekommen.

DER BÜRGERMEISTER Was ist denn los mit Ihnen? Sehen bleich aus. Krank?

ILL Ich fürchte mich.

DER BÜRGERMEISTER Fürchten?

ILL Der Wohlstand steigt.

DER BÜRGERMEISTER Das ist mir das Allerneuste. Wäre erfreulich.

ILL Ich verlange den Schutz der Behörde.

DER BÜRGERMEISTER Ei. Wozu denn?

ILL Das wissen der Herr Bürgermeister schon.

DER BÜRGERMEISTER Mißtrauisch?
ILL Für meinen Kopf ist eine Milliarde geboten.
DER BÜRGERMEISTER Wenden Sie sich an die Polizei.
ILL Ich war bei der Polizei.
DER BÜRGERMEISTER Das wird Sie beruhigt haben.
ILL Im Munde des Polizeiwachtmeisters blitzt ein neuer Goldzahn.
DER BÜRGERMEISTER Sie vergessen, daß Sie sich in Güllen befinden. In einer Stadt mit humanistischer Tradition. Goethe hat hier übernachtet. Brahms ein Quartett komponiert. Diese Werte verpflichten.

Von links tritt ein Mann auf mit einer Schreibmaschine (Der Dritte).

DER MANN Die neue Schreibmaschine, Herr Bürgermeister. Eine Remington.
DER BÜRGERMEISTER Ins Büro damit.

Der Mann nach rechts ab.

DER BÜRGERMEISTER Wir verdienen Ihren Undank nicht. Wenn Sie kein Vertrauen in unsere Gemeinde zu setzen vermögen, tun Sie mir leid. Ich habe diesen nihilistischen Zug nicht erwartet. Wir leben schließlich in einem Rechtsstaat.

Von links kommen die beiden Blinden mit ihren Angelruten, Hand in Hand.

DIE BEIDEN Der Panther ist frei, der Panther ist frei! *Hüpfen* Haben ihn knurren gehört, haben ihn knurren gehört! *Hüpfen in den ›Goldenen Apostel‹.* Gehen zu Hoby und Boby, zu Toby und Roby. *Hinten Mitte ab.*

ILL Dann verhaften Sie die Dame.
DER BÜRGERMEISTER Merkwürdig. Äußerst merkwürdig.
ILL Das hat der Polizeiwachtmeister auch gesagt.
DER BÜRGERMEISTER Das Vorgehen der Dame ist weiß Gott nicht ganz so unverständlich. Sie haben schließlich zwei Burschen zu Meineid angestiftet und ein Mädchen ins nackte Elend gestoßen.
ILL Dieses nackte Elend bedeutet immerhin einige Milliarden, Bürgermeister.

Schweigen.

DER BÜRGERMEISTER Reden wir ehrlich miteinander.
ILL Ich bitte darum.
DER BÜRGERMEISTER Von Mann zu Mann, wie Sie es verlangt haben. Sie besitzen nicht das moralische Recht, die Verhaftung der Dame zu verlangen, und auch als Bürgermeister kommen Sie nicht in Frage. Es tut mir leid, das sagen zu müssen.
ILL Offiziell?
DER BÜRGERMEISTER Im Auftrag der Parteien.
ILL Ich verstehe.

Er geht langsam links zum Fenster, kehrt dem Bürgermeister den Rücken zu, starrt hinaus.

DER BÜRGERMEISTER Daß wir den Vorschlag der Dame verurteilen, bedeutet nicht, daß wir die Verbrechen billigen, die zu diesem Vorschlag geführt haben. Für den Posten eines Bürgermeisters sind gewisse Forderungen sittlicher Natur zu stellen, die Sie nicht mehr erfüllen, das müssen Sie einsehen. Daß wir Ihnen im übrigen die gleiche Hochachtung und Freundschaft entgegenbringen wie zuvor, versteht sich von selbst.

Von links tragen Roby und Toby wieder Kränze, Blumen über die Bühne und verschwinden im ›Goldenen Apostel‹.

DER BÜRGERMEISTER Es ist besser, wir schweigen über das Ganze. Ich habe auch den ›Volksboten‹ gebeten, nichts über die Angelegenheit verlauten zu lassen.

ILL *kehrt sich um* Man schmückt schon meinen Sarg, Bürgermeister! Schweigen ist mir zu gefährlich.

DER BÜRGERMEISTER Aber wieso denn, lieber Ill? Sie sollten dankbar sein, daß wir über die üble Affäre den Mantel des Vergessens breiten.

ILL Wenn ich rede, habe ich noch eine Chance, davonzukommen.

DER BÜRGERMEISTER Das ist nun doch die Höhe! Wer soll Sie denn bedrohen?

ILL Einer von euch.

DER BÜRGERMEISTER *erhebt sich* Wen haben Sie im Verdacht? Nennen Sie mir den Namen, und ich untersuche den Fall. Unnachsichtlich.

ILL Jeden von euch.

DER BÜRGERMEISTER Gegen diese Verleumdung protestiere ich im Namen der Stadt feierlich.

ILL Keiner will mich töten, jeder hofft, daß es einer tun werde, und so wird es einmal einer tun.

DER BÜRGERMEISTER Sie sehen Gespenster.

ILL Ich sehe einen Plan an der Wand. Das neue Stadthaus? *Er tippt auf den Plan.*

DER BÜRGERMEISTER Mein Gott, planen wird man wohl noch dürfen.

ILL Ihr spekuliert schon mit meinem Tod!

DER BÜRGERMEISTER Lieber Mann, wenn ich als Politiker nicht mehr das Recht hätte, an eine bessere Zukunft zu glauben, ohne gleich an ein Verbrechen denken zu müssen, würde ich zurücktreten, da können Sie beruhigt sein.

ILL Ihr habt mich schon zum Tode verurteilt.

DER BÜRGERMEISTER Herr Ill!

ILL *leise* Der Plan beweist es! Beweist es!

CLAIRE ZACHANASSIAN Onassis kommt. Der Herzog und die Herzogin. Aga.

GATTE VIII Ali?

CLAIRE ZACHANASSIAN Der ganze Rivierakram.

GATTE VIII Journalisten?

CLAIRE ZACHANASSIAN Aus der ganzen Welt. Wo ich heirate, ist immer die Presse dabei. Sie braucht mich, und ich brauche sie. *Sie öffnet einen weiteren Brief.* Vom Grafen Holk.

GATTE VIII Hopsi, mußt du nun wirklich an unserem ersten gemeinsamen Morgenessen Briefe deiner ehemaligen Gatten lesen?

CLAIRE ZACHANASSIAN Ich will die Übersicht nicht verlieren.

GATTE VIII *schmerzlich* Ich habe doch auch Probleme. *Er steht auf, starrt in das Städtchen hinunter.*

CLAIRE ZACHANASSIAN Geht dein Porsche nicht?

GATTE VIII So ein Kleinstädtchen bedrückt mich. Nun gut, die Linde rauscht, Vögel singen, der Brunnen plätschert, aber das taten sie schon vor einer halben Stunde. Es ist auch gar nichts los, weder mit der Natur noch mit den Bewohnern, alles tiefer, sorgloser Friede, Sattheit, Gemütlichkeit. Keine Größe, keine Tragik. Es fehlt die sittliche Bestimmung einer großen Zeit.

Von links kommt der Pfarrer, ein Gewehr umgehängt. Er breitet über den Tisch, an dem vorher der Polizist saß, ein weißes Tuch mit einem schwarzen Kreuz, lehnt das Gewehr gegen die Wand des Hotels. Der Sigrist hilft ihm in den Talar. Dunkelheit.

DER PFARRER Treten Sie ein, Ill, in die Sakristei.

Ill kommt von links.

DER PFARRER Es ist dunkel hier, doch kühl.
ILL Ich will nicht stören, Herr Pfarrer.
DER PFARRER Das Gotteshaus steht jedem offen. *Er bemerkt den Blick Ills, der auf das Gewehr fällt.* Wundern Sie sich über die Waffe nicht. Der schwarze Panther der Frau Zachanassian schleicht herum. Eben hier im Dachgestühl, dann im Konradsweilerwald und jetzt in der Peterschen Scheune.
ILL Ich suche Hilfe.
DER PFARRER Wovor?
ILL Ich fürchte mich.
DER PFARRER Fürchten? Wen?
ILL Die Menschen.

DER PFARRER Daß die Menschen Sie töten, Ill?

ILL Sie jagen mich wie ein wildes Tier.

DER PFARRER Man soll nicht die Menschen fürchten, sondern Gott, nicht den Tod des Leibes, den der Seele. Knöpfe den Talar hinten zu, Sigrist.

Überall an den Wänden der Bühne werden die Güllener sichtbar, der Polizist zuerst, der Bürgermeister, die Vier, der Maler, der Lehrer, herumspähend, die Gewehre schußbereit, herumschleichend.

ILL Es geht um mein Leben.

DER PFARRER Um Ihr ewiges Leben.

ILL Der Wohlstand steht auf.

DER PFARRER Das Gespenst Ihres Gewissens.

ILL Die Leute sind fröhlich. Die Mädchen schmücken sich. Die Burschen tragen bunte Hemden. Die Stadt bereitet sich auf das Fest meiner Ermordung vor, und ich krepiere vor Entsetzen.

DER PFARRER Positiv, nur positiv, was Sie durchmachen.

ILL Es ist die Hölle.

DER PFARRER Die Hölle liegt in Ihnen. Sie sind älter als ich und meinen die Menschen zu kennen, doch kennt man nur sich. Weil Sie ein Mädchen um Geld verraten haben, einst vor vielen Jahren, glauben Sie, auch die Menschen würden Sie nun um Geld verraten. Sie schließen von sich selbst auf andere. Nur allzu natürlich. Der Grund unserer Furcht liegt in unserem Herzen, liegt in unserer Sünde: Wenn Sie dies erkennen, besiegen Sie, was Sie quält, erhalten Waffen, dies zu vermögen.

ILL Siemethofers haben sich eine Waschmaschine angeschafft.

DER PFARRER Kümmern Sie sich nicht darum.
ILL Auf Kredit.
DER PFARRER Kümmern Sie sich um die Unsterblichkeit Ihrer Seele.
ILL Stockers einen Fernsehapparat.
DER PFARRER Beten Sie. Sigrist, das Beffchen.

Der Sigrist bindet dem Pfarrer das Beffchen um.

DER PFARRER Durchforschen Sie Ihr Gewissen. Gehen Sie den Weg der Reue, sonst entzündet die Welt Ihre Furcht immer wieder. Es ist der einzige Weg. Wir vermögen nichts anderes.

Schweigen. Die Männer mit ihren Gewehren verschwinden wieder. Schatten an den Rändern der Bühne. Die Feuerglocke beginnt zu bimmeln.

DER PFARRER Nun muß ich meines Amtes walten, Ill, muß taufen. Die Bibel, Sigrist, die Liturgie, das Psalmenbuch. Das Kindchen beginnt zu schreien, muß in Sicherheit gerückt werden, in den einzigen Schimmer, der unsere Welt erhellt.

Eine zweite Glocke beginnt zu läuten.

ILL Eine zweite Glocke?
DER PFARRER Der Ton ist hervorragend. Nicht? Voll und kräftig. Positiv, nur positiv.
ILL *schreit auf* Auch Sie, Pfarrer! Auch Sie!
DER PFARRER *wirft sich gegen Ill und umklammert ihn* Flieh! Wir sind schwach, Christen und Heiden.

Flieh, die Glocke dröhnt in Güllen, die Glocke des Verrats. Flieh, führe uns nicht in Versuchung, indem du bleibst.

Es fallen zwei Schüsse. Ill sinkt zu Boden, der Pfarrer kauert bei ihm.

DER PFARRER Flieh! Flieh!

Ill erhebt sich, nimmt das Gewehr des Pfarrers, links ab.

CLAIRE ZACHANASSIAN Boby, man schießt.
DER BUTLER In der Tat, gnädige Frau.
CLAIRE ZACHANASSIAN Weshalb denn?
DER BUTLER Der Panther ist entwichen.
CLAIRE ZACHANASSIAN Hat man ihn getroffen?
DER BUTLER Er liegt tot vor Ills Laden.
CLAIRE ZACHANASSIAN Schade um das Tierchen. Einen Trauermarsch, Roby.

Trauermarsch von der Gitarre gespielt.

DER BUTLER Die Güllener versammeln sich, Ihnen ihr Beileid auszudrücken, gnädige Frau.

CLAIRE ZACHANASSIAN Sollen sie.

Der Butler ab. Von rechts kommt der Lehrer mit dem gemischten Chor.

DER LEHRER Verehrte, gnädige Frau.

CLAIRE ZACHANASSIAN Was wollen Sie denn, Lehrer von Güllen?

DER LEHRER Wir sind aus einer großen Gefahr errettet worden. Der schwarze Panther schlich unheilbrütend durch unsere Gassen. Doch wenn wir auch befreit aufatmen, so beklagen wir dennoch den Tod einer so kostbaren zoologischen Rarität. Die Tierwelt wird ärmer, wo Menschen hausen, wir übersehen keineswegs dieses tragische Dilemma. Wir möchten deshalb einen Choral anstimmen. Eine Trauerode, gnädige Frau. Komponiert von Heinrich Schütz.

CLAIRE ZACHANASSIAN Schön, stimmt diese Trauerode an.

Der Lehrer beginnt zu dirigieren. Von rechts kommt Ill mit einem Gewehr.

ILL Schweigt!

Die Güllener schweigen erschrocken.

ILL Dieser Trauergesang! Warum singt ihr diesen Trauergesang?

DER LEHRER Aber Herr Ill, in Anbetracht des Todes des schwarzen Panthers –

ILL Auf meinen Tod übt ihr dieses Lied, auf meinen Tod!

DER BÜRGERMEISTER Herr Ill, ich muß doch sehr bitten.

ILL Packt euch fort! Schert euch nach Hause!

Die Güllener verziehen sich.

CLAIRE ZACHANASSIAN Fahr etwas mit deinem Porsche aus, Hoby.

GATTE VIII Aber Hopsi –
CLAIRE ZACHANASSIAN Verschwinde!

Gatte ab.

ILL Klara!
CLAIRE ZACHANASSIAN Alfred! Warum störst du denn die Leutchen?
ILL Ich fürchte mich, Klara.
CLAIRE ZACHANASSIAN Aber es ist freundlich von dir. Ich mag dieses ewige Gesinge nicht. Schon in der Schule war es mir verhaßt. Weißt du noch, Alfred, wie wir beide in den Konradsweilerwald liefen, wenn der gemischte Chor auf dem Rathausplatz übte und die Blasmusik?
ILL Klara. Sag doch, daß du Komödie spielst, daß dies alles nicht wahr ist, was du verlangst. Sag es doch!
CLAIRE ZACHANASSIAN Wie seltsam, Alfred. Diese Erinnerungen. Ich war auch auf einem Balkon, damals, als wir uns zum ersten Male sahen, es war ein Herbstabend wie jetzt, die Luft ohne Bewegung, nur hin und wieder ein Rascheln in den Bäumen im Stadtpark, heiß, wie es vielleicht jetzt auch heiß ist, aber mich friert es ja immer in der letzten Zeit. Und du standst da und du schautest hinauf zu mir, immerzu. Ich war verlegen und wußte nicht, was tun. Ich wollte hineingehen ins dunkle Zimmer und konnte nicht hineingehen.
ILL Ich bin verzweifelt. Ich bin zu allem fähig. Ich warne dich, Klara. Ich bin zu allem entschlossen, wenn du jetzt nicht sagst, daß alles nur ein Spaß ist, ein grausamer Spaß. *Er richtet das Gewehr auf sie.*

CLAIRE ZACHANASSIAN Und du gingst nicht weiter, unten auf der Straße. Du starrtest zu mir herauf, fast finster, fast böse, als wolltest du mir ein Leid antun, und dennoch waren deine Augen voll Liebe.

Ill läßt das Gewehr sinken.

CLAIRE ZACHANASSIAN Und zwei Burschen standen neben dir, Koby und Loby. Sie grinsten, da sie sahen, wie du zu mir hinaufstarrtest. Und dann verließ ich den Balkon und kam hinunter zu dir. Du hast mich nicht gegrüßt, du sagtest kein Wort zu mir, aber du hast meine Hand genommen, und so sind wir aus dem Städtchen gegangen, in die Felder hinein, und hinter uns wie zwei Hunde Koby und Loby. Und dann hast du Steine genommen vom Boden und nach ihnen geworfen, und sie sind jaulend in die Stadt zurückgerannt, und wir waren allein.

Vorne rechts kommt der Butler.

CLAIRE ZACHANASSIAN Führ mich in mein Zimmer, Boby. Ich habe dir zu diktieren. Muß schließlich eine Milliarde transferieren.

Sie wird vom Butler ins Zimmer geführt.
Von hinten hüpfen Koby und Loby herein.

DIE BEIDEN Der schwarze Panther ist tot, der schwarze Panther ist tot.

Der Balkon verschwindet. Glockenton. Die Bühne wie zu Beginn des ersten Aktes. Der Bahnhof. Nur der Fahrplan an der Mauer ist neu, unzerrissen, und irgendwo klebt ein großes Plakat mit einer strahlenden gelben Sonne: Reist in den Süden. Ferner: Besucht die Passionsspiele in Oberammergau. Auch sind im Hintergrund einige Krane zu bemerken zwischen den Häusern sowie einige neue Dächer. Das donnernde, stampfende Geräusch eines vorbeirasenden Expreßzuges. Vor dem Bahnhof der Bahnhofsvorstand salutierend. Aus dem Hintergrund kommt Ill mit einem alten Köfferchen in der Hand, schaut sich um. Langsam, wie zufällig, kommen von allen Seiten Güllener hinzu. Ill zögert, bleibt stehen.

DER BÜRGERMEISTER Grüß Gott, Ill.
ALLE Grüß Gott!
ILL *zögernd* Grüß Gott.
DER LEHRER Wo geht's denn hin mit dem Koffer?
ALLE Wo geht's denn hin?
ILL Zum Bahnhof.
DER BÜRGERMEISTER Wir begleiten Sie!
DER ERSTE Wir begleiten Sie!
DER ZWEITE Wir begleiten Sie!

Immer mehr Güllener erscheinen.

ILL Das müßt ihr nicht, wirklich nicht. Es ist nicht der Rede wert.
DER BÜRGERMEISTER Sie verreisen, Ill?
ILL Ich verreise.
DER POLIZIST Wohin denn?
ILL Ich weiß nicht. Nach Kalberstadt und dann weiter –

DER LEHRER So – und dann weiter.

ILL Nach Australien am liebsten. Irgendwie werde ich das Geld schon auftreiben. *Er geht wieder auf den Bahnhof zu.*

DER DRITTE Nach Australien!

DER VIERTE Nach Australien!

DER MALER Warum denn?

ILL *verlegen* Man kann schließlich nicht immer am gleichen Ort leben – jahraus, jahrein.

Er beginnt zu rennen, erreicht den Bahnhof. Die andern rücken gemächlich nach, umgeben ihn.

DER BÜRGERMEISTER Nach Australien auswandern. Das ist doch lächerlich.

DER ARZT Und für Sie am gefährlichsten.

DER LEHRER Einer der beiden kleinen Eunuchen ist schließlich auch nach Australien ausgewandert.

DER POLIZIST Hier sind Sie am sichersten.

ALLE Am sichersten, am sichersten.

Ill schaut sich ängstlich um, wie ein gehetztes Tier.

ILL *leise* Ich schrieb dem Regierungsstatthalter nach Kaffigen.

DER BÜRGERMEISTER Na und?

ILL Keine Antwort.

DER LEHRER Ihr Mißtrauen ist unbegreiflich.

DER ARZT Niemand will Sie töten.

ALLE Niemand, niemand.

ILL Die Post schickte den Brief nicht ab.

DER MALER Unmöglich.

DER BÜRGERMEISTER Der Postbeamte ist Mitglied des Stadtrates.
DER LEHRER Ein Ehrenmann.
DER ERSTE Ein Ehrenmann!
DER ZWEITE Ein Ehrenmann!
ILL Hier. Ein Plakat: Reist nach dem Süden.
DER ARZT Na und?
ILL Besucht die Passionsspiele in Oberammergau.
DER LEHRER Na und?
ILL Man baut!
DER BÜRGERMEISTER Na und?
ILL Immer reicher werdet ihr, immer wohlhabender!
ALLE Na und?

Glockenton.

DER LEHRER Sie sehen ja, wie beliebt Sie sind.
DER BÜRGERMEISTER Das ganze Städtchen begleitet Sie.
DER DRITTE Das ganze Städtchen!
DER VIERTE Das ganze Städtchen!
ILL Ich habe euch nicht hergebeten.
DER ZWEITE Wir werden doch noch von dir Abschied nehmen dürfen.
DER BÜRGERMEISTER Als alte Freunde.
ALLE Als alte Freunde! Als alte Freunde!

Zugsgeräusch. Der Bahnhofsvorstand nimmt die Kelle. Links erscheint der Kondukteur, als wäre er eben vom Zuge gesprungen.

DER KONDUKTEUR *mit langgezogenem Schrei* Güllen!
DER BÜRGERMEISTER Das ist Ihr Zug.

ALLE Ihr Zug! Ihr Zug!
DER BÜRGERMEISTER Nun, Ill, ich wünsche eine gute Reise.
ALLE Eine gute Reise, eine gute Reise!
DER ARZT Ein schönes weiteres Leben!
ALLE Ein schönes weiteres Leben!

Die Güllener scharen sich um Ill.

DER BÜRGERMEISTER Es ist soweit. Besteigen Sie nun in Gottes Namen den Personenzug nach Kalberstadt.
DER POLIZIST Und viel Glück in Australien!
ALLE Viel Glück, viel Glück!

Ill steht bewegungslos, starrt seine Mitbürger an.

ILL *leise* Warum seid ihr alle hier?
DER POLIZIST Was wollen Sie denn noch?
DER BAHNHOFVORSTAND Einsteigen!
ILL Was schart ihr euch um mich?
DER BÜRGERMEISTER Wir scharen uns doch gar nicht um Sie.
ILL Macht Platz!
DER LEHRER Aber wir haben doch Platz gemacht.
ALLE Wir haben Platz gemacht, wir haben Platz gemacht!
ILL Einer wird mich zurückhalten.
DER POLIZIST Unsinn. Sie brauchen nur in den Zug zu steigen, um zu sehen, daß dies Unsinn ist.
ILL Geht weg!

Niemand rührt sich. Einige stehen da, die Hände in den Hosentaschen.

DER BÜRGERMEISTER Ich weiß nicht, was Sie wollen. Es ist an Ihnen, fortzugehen. Steigen Sie nun in den Zug.

ILL Geht weg!

DER LEHRER Ihre Furcht ist einfach lächerlich.

Ill fällt auf die Knie.

ILL Warum seid ihr so nah bei mir!

DER ARZT Der Mann ist verrückt geworden.

ILL Ihr wollt mich zurückhalten.

DER BÜRGERMEISTER Steigen Sie doch ein!

ALLE Steigen Sie doch ein! Steigen Sie doch ein!

Schweigen.

ILL *leise* Einer wird mich zurückhalten, wenn ich den Zug besteige.

ALLE *beteuernd* Niemand! Niemand!

ILL Ich weiß es.

DER POLIZIST Es ist höchste Zeit.

DER LEHRER Besteigen Sie endlich den Zug, guter Mann.

ILL Ich weiß es! Einer wird mich zurückhalten! Einer wird mich zurückhalten!

DER BAHNHOFSVORSTAND Abfahrt!

Er hebt die Kelle, der Kondukteur markiert Aufspringen, und Ill bedeckt, zusammengebrochen, von den Güllenern umgeben, sein Gesicht mit den Händen.

DER POLIZIST Sehen Sie! Da ist er Ihnen davongerumpelt!

Alle verlassen den zusammengebrochenen Ill, gehen nach hinten, langsam, verschwinden.

ILL Ich bin verloren!

Dritter Akt

Petersche Scheune. Links sitzt Claire Zachanassian in ihrer Sänfte, unbeweglich, im Brautkleid, weiß, Schleier usw. Ganz links eine Leiter, ferner Heuwagen, alte Droschke, Stroh, in der Mitte ein kleines Faß. Oben hangen Lumpen, vermoderte Säcke, riesige Spinnweben breiten sich aus. Der Butler kommt aus dem Hintergrund.

DER BUTLER Der Arzt und der Lehrer.
CLAIRE ZACHANASSIAN Sollen hereinkommen.

Der Arzt und der Lehrer erscheinen, tappen sich durchs Dunkel, finden endlich die Milliardärin, verneigen sich. Die beiden sind nun in guten, soliden, bürgerlichen Kleidern, eigentlich schon elegant.

DIE BEIDEN Gnädige Frau.
CLAIRE ZACHANASSIAN *betrachtet die beiden durch ihr Lorgnon* Sehen verstaubt aus, meine Herren.

Die beiden wischen sich den Staub ab.

DER LEHRER Verzeihung. Wir mußten über eine alte Droschke klettern.
CLAIRE ZACHANASSIAN Habe mich in die Petersche Scheune zurückgezogen. Brauche Ruhe. Die Hochzeit eben im Güllener Münster ermüdete mich. Bin

schließlich nicht mehr blutjung. Setzen Sie sich auf das Faß.

DER LEHRER Danke schön.

Er setzt sich. Der Arzt bleibt stehen.

CLAIRE ZACHANASSIAN Schwül hier. Zum Ersticken. Doch ich liebe diese Scheune, den Geruch von Heu, Stroh und Wagenschmiere. Erinnerungen. All die Geräte, die Mistgabel, die Droschke, den zerbrochenen Heuwagen gab es schon in meiner Jugend.

DER LEHRER Ein besinnlicher Ort. *Er wischt sich den Schweiß ab.*

CLAIRE ZACHANASSIAN Der Pfarrer predigte erhebend.

DER LEHRER Erster Korinther dreizehn.

CLAIRE ZACHANASSIAN Und auch Sie machten Ihre Sache brav mit dem gemischten Chor, Herr Lehrer. Es tönte feierlich.

DER LEHRER Bach. Aus der Matthäus-Passion. Bin noch gänzlich benommen. Die mondäne Welt war anwesend, die Finanzwelt, die Filmwelt ...

CLAIRE ZACHANASSIAN Die Welten sind nach der Hauptstadt gerauscht in ihren Cadillacs. Zum Hochzeitsessen.

DER LEHRER Gnädige Frau. Wir möchten Ihre kostbare Zeit nicht mehr als nötig beanspruchen. Ihr Gatte wird Sie ungeduldig erwarten.

CLAIRE ZACHANASSIAN Hoby? Den habe ich nach Geiselgasteig zurückgeschickt mit seinem Porsche.

DER ARZT *verwirrt* Nach Geiselgasteig?

CLAIRE ZACHANASSIAN Meine Rechtsanwälte haben die Scheidung bereits eingereicht.

DER LEHRER Aber die Hochzeitsgäste, gnädige Frau?

CLAIRE ZACHANASSIAN Sind sich gewöhnt. Meine zweitkürzeste Ehe. Nur die mit Lord Ismael war noch geschwinder. Was führt euch zu mir?

DER LEHRER Wir kommen in der Angelegenheit des Herrn Ill.

CLAIRE ZACHANASSIAN Oh, ist er gestorben?

DER LEHRER Gnädige Frau! Wir haben schließlich unsere abendländischen Prinzipien.

CLAIRE ZACHANASSIAN Was wollt ihr denn?

DER LEHRER Die Güllener haben sich leider, leider verschiedenes angeschafft.

DER ARZT Ziemlich vieles.

Die beiden wischen sich den Schweiß ab.

CLAIRE ZACHANASSIAN Verschuldet?

DER LEHRER Hoffnungslos.

CLAIRE ZACHANASSIAN Trotz der Prinzipien?

DER LEHRER Wir sind nur Menschen.

DER ARZT Und müssen jetzt unsere Schulden bezahlen.

CLAIRE ZACHANASSIAN Ihr wißt, was zu tun ist.

DER LEHRER *mutig* Frau Zachanassian. Reden wir offen miteinander. Versetzen Sie sich in unsere traurige Lage. Seit zwei Jahrzehnten pflanze ich in dieser verarmten Gemeinde die zarten Keime der Humanität, rumpelt der Stadtarzt zu den tuberkulösen und rachitischen Patienten mit seinem alten Mercedes. Wozu diese jammervollen Opfer? Des Geldes wegen? Wohl kaum. Unsere Besoldung ist minim, eine Berufung ans Kalberstädter Obergymnasium lehnte ich schlankweg ab, der Arzt einen Lehrauftrag der Universität Erlangen. Aus reiner Menschenliebe? Auch dies wäre übertrieben. Nein, wir harrten aus, all die endlosen Jahre, und mit uns das ganze Städtchen, weil es eine Hoffnung gibt, die Hoffnung, daß die alte Größe Güllens auferstehe, daß die Möglichkeit aufs neue begriffen werde, die unsere Heimaterde in so verschwenderischer Hülle und Fülle birgt. Öl liegt unter der Niederung von Pückenried, Erz unter dem Konradsweilerwald. Wir sind nicht arm, Madame, nur vergessen. Wir brauchen Kredit, Vertrauen, Aufträge, und unsere Wirtschaft, unsere Kultur blüht. Güllen hat etwas zu bieten: Die Platz-an-der-Sonne-Hütte.

DER ARZT Bockmann.

DER LEHRER Die Wagnerwerke. Kaufen Sie die, sanieren Sie die, und Güllen floriert. Hundert Millionen sind planvoll, wohlverzinst anzulegen, nicht eine Milliarde zu verschleudern!

CLAIRE ZACHANASSIAN Ich besitze noch zwei weitere.

DER LEHRER Lassen Sie uns nicht ein Leben lang vergeblich geharrt haben. Wir bitten um kein Almosen, wir bieten ein Geschäft.

CLAIRE ZACHANASSIAN Wirklich. Das Geschäft wäre nicht schlecht.

DER LEHRER Gnädige Frau! Ich wußte, daß Sie uns nicht im Stich lassen würden!

CLAIRE ZACHANASSIAN Nur nicht auszuführen. Ich kann die Platz-an-der-Sonne-Hütte nicht kaufen, weil sie mir schon gehört.

DER LEHRER Ihnen?

DER ARZT Und Bockmann?

DER LEHRER Die Wagnerwerke?

CLAIRE ZACHANASSIAN Gehören mir ebenfalls. Die Fabriken, die Niederung von Pückenried, die Petersche Scheune, das Städtchen, Straße um Straße, Haus für Haus. Ließ den Plunder aufkaufen durch meine Agenten, die Betriebe stillegen. Eure Hoffnung war ein Wahn, euer Ausharren sinnlos, eure Aufopferung Dummheit, euer ganzes Leben nutzlos vertan.

Stille.

DER ARZT Das ist doch ungeheuerlich.

CLAIRE ZACHANASSIAN Es war Winter, einst, als ich dieses Städtchen verließ, im Matrosenanzug, mit roten Zöpfen, hochschwanger, Einwohner grinsten mir nach. Frierend saß ich im D-Zug nach Hamburg, doch wie hinter den Eisblumen die Umrisse der Peterschen Scheune versanken, beschloß ich zurückzukommen, einmal. Nun bin ich da. Nun stelle ich die Bedingung, diktiere das Geschäft. *Laut* Roby und Toby, in den ›Goldenen Apostel‹. Gatte Nummer neun ist angerückt mit seinen Büchern und Manuskripten.

Die beiden Monstren kommen aus dem Hintergrund und heben die Sänfte in die Höhe.

DER LEHRER Frau Zachanassian! Sie sind ein verletztes liebendes Weib. Sie verlangen absolute Gerechtigkeit. Wie eine Heldin der Antike kommen Sie mir vor, wie eine Medea. Doch weil wir Sie im tiefsten begreifen, geben Sie uns den Mut, mehr von Ihnen zu fordern: Lassen Sie den unheilvollen Gedanken der Rache fallen, treiben Sie uns nicht zum Äußersten, helfen Sie armen, schwachen, aber rechtschaffenen Leuten, ein etwas würdigeres Leben zu führen, ringen Sie sich zur reinen Menschlichkeit durch!

CLAIRE ZACHANASSIAN Die Menschlichkeit, meine Herren, ist für die Börse der Millionäre geschaffen, mit meiner Finanzkraft leistet man sich eine Weltordnung. Die Welt machte mich zu einer Hure, nun mache ich sie zu einem Bordell. Wer nicht blechen kann, muß hinhalten, will er mittanzen. Ihr wollt mittanzen. Anständig ist nur, wer zahlt, und ich zahle. Güllen für einen Mord, Konjunktur für eine Leiche. Los, ihr beiden. *Sie wird nach hinten getragen.*

DER ARZT Mein Gott, was sollen wir tun?

DER LEHRER Was uns das Gewissen vorschreibt, Doktor Nüßlin.

Im Vordergrund rechts wird Ills Laden sichtbar. Neue Inschrift. Neuer blitzender Ladentisch, neue Kasse, kostbarere Ware. Tritt jemand durch die fingierte Türe: pompöses Geklingel. Hinter dem Ladentisch Frau Ill. Von links kommt der Erste, als arrivierter Metzger, einige Blutspritzer auf der neuen Schürze.

DER ERSTE Das war ein Fest. Ganz Güllen sah auf dem Münsterplatz zu.

FRAU ILL Klärchen ist das Glück zu gönnen nach all der Misere.

DER ERSTE Filmschauspielerinnen als Brautjungfern. Mit solchen Busen.

FRAU ILL Heute Mode.

DER ERSTE Zigaretten.

FRAU ILL Die Grünen?

DER ERSTE Camel. Und ein Beil.
FRAU ILL Ein Schlachtbeil?
DER ERSTE Exakt.
FRAU ILL Bitte, Herr Hofbauer.
DER ERSTE Schöne Ware.
FRAU ILL Wie geht's im Geschäft?
DER ERSTE Personal angeschafft.
FRAU ILL Stelle auch ein am Ersten.

Der Erste nimmt das Beil zu sich. Der Zweite, ein gepflegter Geschäftsmann, kommt.

FRAU ILL Grüß Gott, Herr Helmesberger.

Fräulein Luise geht elegant gekleidet vorüber.

DER ERSTE Die macht sich sauber Illusionen, sich so zu kleiden.
FRAU ILL Schamlos.
DER ERSTE Saridon. Die Nacht gefeiert bei Stockers.

Frau Ill reicht dem Ersten ein Glas Wasser und das Mittel.

DER ERSTE Alles voll Journalisten.
DER ZWEITE Schnüffeln im Städtchen herum.
DER ERSTE Werden auch hier vorbeikommen.
FRAU ILL Wir sind einfache Leute, Herr Hofbauer. Bei uns suchen sie nichts.
DER ZWEITE Sie fragen alle aus.
DER ERSTE Eben interviewen sie den Pfarrer.
DER ZWEITE Der wird schweigen, hat immer ein Herz für uns arme Leute gehabt. Chesterfield.

FRAU ILL Aufschreiben?

DER ERSTE Aufschreiben. Ihr Mann, Frau Ill? Sah ihn lange nicht.

FRAU ILL Oben. Geht im Zimmer herum. Seit Tagen.

DER ERSTE Das schlechte Gewissen. Schlimm hat er's mit der armen Frau Zachanassian getrieben.

FRAU ILL Ich leide auch darunter.

DER ZWEITE Ein Mädchen ins Unglück stürzen. Pfui Teufel. *Entschlossen* Frau Ill, ich hoffe, daß Ihr Mann nicht schwatzt, wenn die Journalisten kommen.

FRAU ILL Aber nein.

DER ERSTE Bei seinem Charakter.

FRAU ILL Ich habe es schwer, Herr Hofbauer.

DER ERSTE Wenn er Klara bloßstellen will, Lügen erzählen, sie hätte was auf seinen Tod geboten oder so, was doch nur ein Ausdruck des namenlosen Leids gewesen ist, müssen wir einschreiten.

DER ZWEITE Nicht wegen der Milliarde.

DER ERSTE Aus Volkszorn. Die brave Frau Zachanassian hat, weiß Gott, genug seinetwegen durchgemacht. *Er schaut sich um.* Geht's hier in die Wohnung hinauf?

FRAU ILL Der einzige Aufgang. Unpraktisch. Aber im Frühling bauen wir um.

DER ERSTE Da will ich mich mal hinpflanzen.

Der Erste stellt sich ganz rechts auf, die Arme verschränkt, mit dem Beil, ruhig, wie ein Wärter. Der Lehrer kommt.

FRAU ILL Grüß Gott, Herr Lehrer. Schön, daß Sie uns auch einmal besuchen.

DER LEHRER Ich benötige ein starkes alkoholisches Getränk.

FRAU ILL Steinhäger?

DER LEHRER Ein Gläschen.

FRAU ILL Sie auch, Herr Hofbauer?

DER ERSTE Nein, danke. Muß noch nach Kaffigen mit meinem Volkswagen. Ferkel einkaufen.

FRAU ILL Und Sie, Herr Helmesberger?

DER ZWEITE Bevor diese verfluchten Journalisten das Städtchen nicht verlassen haben, trinke ich keinen Tropfen.

Frau Ill schenkt dem Lehrer ein.

DER LEHRER Danke. *Stürzt den Steinhäger hinunter.*

FRAU ILL Sie zittern, Herr Lehrer.

DER LEHRER Trinke zuviel in der letzten Zeit. Eben im ›Goldenen Apostel‹ war eine ziemlich scharfe Zecherei, direkt eine alkoholische Orgie. Hoffentlich stört Sie meine Fahne nicht.

FRAU ILL Noch eins wird nicht schaden. *Schenkt ihm wieder ein.*

DER LEHRER Ihr Mann?

FRAU ILL Oben. Geht immer hin und her.

DER LEHRER Noch ein Gläschen. Das letzte. *Schenkt sich selber ein.*

Der Maler kommt von links. Neuer Manchesteranzug, buntes Halstuch, schwarze Baskenmütze.

DER MALER Vorsicht. Zwei Journalisten fragten mich nach diesem Laden.

DER ERSTE Verdächtig.

DER MALER Ich tat, als wüßte ich nichts.

DER ZWEITE Klug.
DER MALER Hoffentlich kommen sie in mein Atelier. Malte einen Christus.

Der Lehrer schenkt sich wieder ein. Draußen gehen die beiden Frauen vom zweiten Akt elegant gekleidet vorbei und betrachten die Ware im fingierten Schaufenster.

DER ERSTE Diese Weiber.
DER ZWEITE Gehn ins neue Kino am hellichten Tag.

Von links kommt der Dritte.

DER DRITTE Die Presse.
DER ZWEITE Dichthalten.
DER MALER Aufpassen, daß er nicht nach unten kommt.
DER ERSTE Dafür wird gesorgt.

Die Güllener stellen sich rechts auf. Der Lehrer hat die Flasche halb ausgetrunken und bleibt am Ladentisch stehen. Zwei Pressemänner kommen mit Photoapparaten. Hinter ihnen erscheint der vierte Güllener.

PRESSEMANN I Guten Abend, ihr Leute.
DIE GÜLLENER Grüß Gott.
PRESSEMANN I Frage eins: Wie fühlt ihr euch, allgemein gesprochen?
DER ERSTE *verlegen* Wir sind natürlich erfreut über den Besuch der Frau Zachanassian.
DER DRITTE Erfreut.
DER MALER Gerührt.
DER ZWEITE Stolz.

PRESSEMANN I Stolz.
DER VIERTE Kläri ist schließlich die unsrige.
PRESSEMANN I Frage zwei an die Frau hinter dem Ladentisch: Es wurde behauptet, Ihr Mann hätte Sie Claire Zachanassian vorgezogen.

Stille.

DER ERSTE Wer behauptet das?
PRESSEMANN I Die beiden kleinen, dicken, blinden Onkelchen der Frau Zachanassian.

Stille.

DER VIERTE *zögernd* Was erzählten die Onkelchen?
PRESSEMANN II Alles.
DER MALER Verflucht.

Stille.

PRESSEMANN II Claire Zachanassian und der Besitzer dieses Ladens hätten sich vor mehr als vierzig Jahren beinahe geheiratet. Stimmt's?

Schweigen.

FRAU ILL Stimmt.
PRESSEMANN II Herr Ill?
FRAU ILL In Kalberstadt.
ALLE In Kalberstadt.
PRESSEMANN I Wir können uns die Romanze vorstellen: Herr Ill und Claire Zachanassian wachsen zusammen

auf, sind vielleicht Nachbarskinder, gehen gemeinsam in die Schule, Spaziergänge in den Wald, die ersten Küsse und so weiter, bis Herr Ill Sie kennenlernt, gute Frau, als das Neue, das Ungewohnte, als die Leidenschaft.

FRAU ILL Es ist genau so passiert, wie Sie es erzählen.

PRESSEMANN I Claire Zachanassian begreift, verzichtet auf ihre stille, edle Art, und Sie heiraten –

FRAU ILL Aus Liebe.

DIE ANDEREN GÜLLENER *erleichtert* Aus Liebe.

PRESSEMANN I Aus Liebe.

Die beiden Pressemänner schreiben gleichgültig in ihre Notizbücher. Von rechts kommen die beiden Eunuchen, von Roby am Ohr geführt.

DIE BEIDEN *jammernd* Wir wollen nichts mehr erzählen, wir wollen nichts mehr erzählen.

Sie werden nach dem Hintergrund gebracht, wo sie Toby mit einer Peitsche erwartet.

DIE BEIDEN Nicht zu Toby, nicht zu Toby!

PRESSEMANN II Ihr Mann, Frau Ill, ist er nicht hin und wieder, ich meine, es wäre schließlich menschlich, wenn es ihn hin und wieder reuen würde.

FRAU ILL Geld allein macht nicht glücklich.

PRESSEMANN II Nicht glücklich.

Der Sohn kommt von links. In einer Wildlederjacke.

FRAU ILL Unser Sohn Karl.

PRESSEMANN I Ein prächtiger junger Mann.

PRESSEMANN II Weiß er Bescheid über die Beziehungen ...

FRAU ILL Wir kennen keine Geheimnisse in unserer Familie. Mein Mann sagt immer: Was Gott weiß, sollen auch unsere Kinder wissen.

PRESSEMANN I Gott weiß.

PRESSEMANN II Kinder wissen.

Die Tochter betritt den Laden im Tenniskostüm, einen Tennisschläger in der Hand.

FRAU ILL Unsere Tochter Ottilie.

PRESSEMANN II Charmant.

Nun rafft sich der Lehrer auf.

DER LEHRER Güllener. Ich bin euer alter Lehrer. Ich habe still meinen Steinhäger getrunken und zu alledem geschwiegen. Doch nun will ich eine Rede halten, vom Besuch der alten Dame in Güllen. *Er klettert auf das Fäßchen, das noch von der Peterschen Scheune übriggeblieben ist.*

DER ERSTE Verrückt geworden?

DER ZWEITE Aufhören.

DER DRITTE Runter vom Faß!

DER LEHRER Güllener! Ich will die Wahrheit verkünden, auch wenn unsere Armut ewig währen sollte!

FRAU ILL Sie sind betrunken, Herr Lehrer. Sie sollten sich schämen!

DER LEHRER Schämen? Du solltest dich schämen, Weib, denn du schickst dich an, deinen Gatten zu verraten!

DER SOHN Maul halten!

DER VIERTE Raus!

DER LEHRER Das Verhängnis ist bedenklich gediehen! Wie beim Ödipus: angeschwollen wie eine Kröte!

DIE TOCHTER *flehend* Herr Lehrer!

DER LEHRER Du enttäuschest mich, Töchterchen. Es wäre an dir zu reden, und nun muß es dein alter Lehrer tun mit Donnerstimme!

DER MALER *reißt ihn vom Faß* Du willst mir wohl meine künstlerische Chance zerstören! Einen Christus habe ich gemalt, einen Christus!

DER LEHRER Ich protestiere! Angesichts der Weltöffentlichkeit! Ungeheuerliche Dinge bereiten sich vor in Güllen!

Die Güllener stürzen sich auf ihn, doch kommt in diesem Augenblick Ill von rechts in alten zerschlissenen Kleidern.

ILL Was ist los in meinem Laden?

Die Güllener lassen vom Lehrer und starren Ill erschrokken an. Totenstille.

DER LEHRER Die Wahrheit, Ill. Ich erzähle den Herren von der Presse die Wahrheit. Wie ein Erzengel erzähle ich, mit tönender Stimme. *Er schwankt.* Denn ich bin ein Humanist, ein Freund der alten Griechen, ein Bewunderer Platos.

ILL Schweigen Sie.

DER LEHRER Aber die Menschlichkeit –

ILL Setzen Sie sich.

Schweigen.

DER LEHRER *ernüchtert* Setzen. Die Menschlichkeit soll sich setzen. Bitte – wenn auch Sie die Wahrheit verraten. *Er setzt sich taumelnd auf das Faß.*

ILL Verzeihen Sie. Der Mann ist betrunken.

PRESSEMANN I Herr Ill?

ILL Was wollen Sie von mir?

PRESSEMANN I Wir sind glücklich, daß wir Sie nun doch treffen. Brauchen einige Aufnahmen. Dürfen wir bitten? *Er schaut sich um.* Lebensmittel, Haushaltgegenstände, Eisenwaren – Am besten: Verkaufen Sie das Beil.

ILL *zögernd* Das Beil?

PRESSEMANN I Dem Metzger. Er hat es ja schon in der Hand. Geben Sie das Mordinstrument mal her, guter Mann. *Er nimmt dem Ersten das Beil aus der Hand. Demonstriert* Sie nehmen das Beil, wiegen es in der Hand, machen ein nachdenkliches Gesicht, sehen Sie, so; und Sie, Herr Ill, neigen sich über den Ladentisch, reden dem Metzger zu. Bitte. *Er arrangiert die Stellung.* Natürlicher, meine Herren, ungezwungener.

Die Pressemänner knipsen.

PRESSEMANN I Schön, sehr schön.

PRESSEMANN II Darf ich bitten, den Arm um die Schulter der Gemahlin zu legen. Der Sohn links, die Tochter rechts. Und nun bitte, strahlen vor Glück, strahlen, strahlen, zufrieden, innerlich, stillvergnügt strahlen.

PRESSEMANN I Großartig gestrahlt.

PRESSEMANN II Gestorben.

Von links vorne rennen einige Photographen nach hinten links über die Bühne. Einer ruft in den Laden hinein.

DER PHOTOGRAPH Die Zachanassian hat einen Neuen. Gehen im Konradsweilerwald spazieren.
PRESSEMANN II Einen Neuen!
PRESSEMANN I Das gibt ein Titelbild für ›Life‹.

Die beiden Pressemänner rennen aus dem Laden. Schweigen. Der Erste hält noch immer das Beil in der Hand.

DER ERSTE *erleichtert* Glück gehabt.
DER MALER Du mußt entschuldigen, Schulmeister. Wenn wir die Angelegenheit noch gütlich beilegen wollen, darf die Presse nichts erfahren. Kapiert?

Er geht hinaus. Der Zweite folgt ihm, bleibt aber noch vor Ill stehen, bevor er hinausgeht.

DER ZWEITE Klug, äußerst klug, keinen Unsinn zu schwatzen.
DER DRITTE Einem Halunken wie dir würde man ja auch kein Wort glauben. *Er geht.*

Der Vierte spuckt aus, geht ebenfalls.

DER ERSTE Nun kommen wir noch in die Illustrierten, Ill.
ILL Eben.
DER ERSTE Werden berühmt.
ILL Sozusagen.
DER ERSTE Eine Partagas.
ILL Bitte.
DER ERSTE Schreiben's auf.
ILL Selbstverständlich.
DER ERSTE Offen gesagt: Was Sie Klärchen angetan haben, tut nur ein Schuft. *Er will gehen.*

ILL Das Beil, Hofbauer.

Der Erste zögert, gibt ihm dann das Beil zurück, geht ab. Im Laden Schweigen. Der Lehrer sitzt immer noch auf seinem Faß.

DER LEHRER Sie müssen entschuldigen. Ich habe einige Steinhäger probiert, so zwei oder drei.

ILL In Ordnung.

Die Familie geht nach rechts hinaus.

DER LEHRER Ich wollte Ihnen helfen. Aber man schlug mich nieder, und auch Sie wollten es nicht. Ach, Ill. Was sind wir für Menschen. Die schändliche Milliarde brennt in unseren Herzen. Reißen Sie sich zusammen, kämpfen Sie um Ihr Leben, setzen Sie sich mit der Presse in Verbindung, Sie haben keine Zeit mehr zu verlieren.

ILL Ich kämpfe nicht mehr.

DER LEHRER *verwundert* Sagen Sie mal, Sie haben wohl ganz den Verstand verloren vor Angst?

ILL Ich sah ein, daß ich kein Recht mehr habe.

DER LEHRER Kein Recht? Gegenüber dieser verfluchten alten Dame, dieser Erzhure, die ihre Männer wechselt vor unseren Augen, schamlos, die unsere Seelen einsammelt?

ILL Ich bin schließlich schuld daran.

DER LEHRER Schuld?

ILL Ich habe Klara zu dem gemacht, was sie ist, und mich zu dem, was ich bin, ein verschmierter windiger Krämer. Was soll ich tun, Lehrer von Güllen? Den Unschuldigen spielen? Alles ist meine Tat, die Eunuchen, der Butler, der Sarg, die Milliarde. Ich kann mir nicht mehr helfen und auch euch nicht mehr.

Der Lehrer steht auf, mühsam, schwankend.

DER LEHRER Bin nüchtern. Auf einmal. *Er geht schwankend auf Ill zu.* Sie haben recht. Vollkommen. Sie sind schuld an allem. Und nun will ich Ihnen etwas sagen, Alfred Ill, etwas Grundsätzliches. *Er bleibt kerzengerade vor Ill stehen, nur noch leicht schwankend.* Man wird Sie töten. Ich weiß es, von Anfang an, und auch Sie wissen es schon lange, auch wenn es in Güllen sonst niemand wahrhaben will. Die Versuchung ist zu groß und unsere Armut zu bitter. Aber ich weiß noch mehr. Auch ich werde mitmachen. Ich fühle, wie ich langsam zu einem Mörder werde. Mein Glaube an die Humanität ist machtlos. Und weil ich es weiß, bin ich ein Säufer geworden. Ich fürchte mich, Ill, so wie Sie sich gefürchtet haben. Noch weiß ich, daß auch zu uns einmal eine alte Dame kommen wird, eines Tages, und daß dann mit uns geschehen wird, was nun mit Ihnen geschieht, doch bald, in wenigen Stunden vielleicht, werde ich es nicht mehr wissen. *Schweigen.* Noch eine Flasche Steinhäger.

Ill stellt ihm eine Flasche hin, der Lehrer zögert, dann nimmt er die Flasche entschlossen zu sich.

DER LEHRER Schreiben Sie sie auf. *Er geht langsam hinaus.*

Die Familie kommt wieder. Ill schaut sich wie träumend im Laden um.

ILL Alles neu. Modern wie dies jetzt bei uns aussieht. Sauber, appetitlich. So ein Laden war immer mein Traum. *Er nimmt seiner Tochter den Tennisschläger aus der Hand.* Du spielst Tennis?

DIE TOCHTER Habe einige Stunden genommen.

ILL Morgens früh, nicht wahr? Statt aufs Arbeitsamt zu gehen?

DIE TOCHTER Alle spielen Tennis von meinen Freundinnen.

Schweigen.

ILL Ich habe dich in einem Wagen gesehen, Karl, vom Zimmer aus.

DER SOHN Nur ein Opel Olympia, die sind nicht so teuer.

ILL Wann lerntest du fahren?

Schweigen.

ILL Statt Arbeit zu suchen beim Bahnhof in der prallen Sonne?

DER SOHN Manchmal. *Der Sohn trägt verlegen das kleine Faß nach rechts hinaus, auf dem der Lehrer gesessen hat.*

ILL Ich suchte meine Sonntagskleider. Dabei fand ich einen Pelzmantel.

FRAU ILL Zur Ansicht.

Schweigen.

FRAU ILL Alle machen Schulden, Fredi. Nur du bist

hysterisch. Deine Furcht ist einfach lächerlich. Es ist doch klar, daß sich die Sache friedlich arrangiert, ohne daß dir auch nur ein Haar gekrümmt wird. Klärchen geht nicht aufs Ganze, ich kenne es, da hat es ein zu gutes Herz.

DIE TOCHTER Bestimmt, Vater.

DER SOHN Das mußt du doch einsehen.

Schweigen.

ILL *langsam* Es ist Sonnabend. Ich möchte mit deinem Wagen fahren, Karl, ein einziges Mal. Mit unserem Wagen.

DER SOHN *unsicher* Du willst?

ILL Zieht eure guten Kleider an. Wir wollen miteinander fahren.

FRAU ILL *unsicher* Ich soll auch mitfahren? Das schickt sich doch nicht.

ILL Warum soll sich dies nicht schicken? Zieh deinen Pelzmantel an, da wird er eingeweiht bei dieser Gelegenheit. Ich mache unterdessen die Kasse.

Frau und Tochter gehen nach rechts hinaus, der Sohn nach links, Ill beschäftigt sich mit der Kasse. Von links kommt der Bürgermeister mit dem Gewehr.

DER BÜRGERMEISTER Guten Abend, Ill. Lassen Sie sich nicht stören. Ich schaue nur schnell bei Ihnen herein.

ILL Aber bitte.

Schweigen.

DER BÜRGERMEISTER Ich bringe ein Gewehr.

ILL Danke.
DER BÜRGERMEISTER Es ist geladen.
ILL Ich brauche es nicht.

Der Bürgermeister lehnt das Gewehr an den Ladentisch.

DER BÜRGERMEISTER Heute abend ist Gemeindeversammlung. Im ›Goldenen Apostel‹. Im Theatersaal.
ILL Ich komme.
DER BÜRGERMEISTER Alle kommen. Wir behandeln Ihren Fall. Wir sind in einer gewissen Zwangslage.
ILL Finde ich auch.
DER BÜRGERMEISTER Man wird den Vorschlag ablehnen.
ILL Möglich.
DER BÜRGERMEISTER Man kann sich freilich irren.
ILL Freilich.

Schweigen.

DER BÜRGERMEISTER *vorsichtig* In diesem Fall, würden Sie den Urteilsspruch annehmen, Ill? Die Presse ist nämlich dabei.
ILL Die Presse?
DER BÜRGERMEISTER Auch der Rundfunk, das Fernsehen, die Filmwochenschau. Eine heikle Situation, nicht nur für Sie, auch für uns, glauben Sie mir. Als Heimatstädtchen der Dame und durch ihre Heirat im Münster sind wir so bekannt geworden, daß eine Reportage über unsere alten demokratischen Einrichtungen gemacht wird.
ILL *beschäftigt sich mit der Kasse* Sie geben den Vorschlag der Dame nicht öffentlich bekannt?

DER BÜRGERMEISTER Nicht direkt – nur die Eingeweihten werden den Sinn der Verhandlung verstehen.

ILL Daß es um mein Leben geht.

Schweigen.

DER BÜRGERMEISTER Ich orientiere die Presse dahin, daß – möglicherweise – Frau Zachanassian eine Stiftung errichten werde und daß Sie, Ill, diese Stiftung vermittelt hätten als ihr Jugendfreund. Daß Sie dies waren, ist ja nun bekannt geworden. Damit sind Sie rein äußerlich reingewaschen, was sich auch ereignet.

ILL Das ist lieb von Ihnen.

DER BÜRGERMEISTER Ich tat es nicht Ihnen, sondern Ihrer kreuzbraven, ehrlichen Familie zuliebe, offen gestanden.

ILL Begreife.

DER BÜRGERMEISTER Wir spielen ein faires Spiel, das müssen Sie zugeben. Sie haben bis jetzt geschwiegen. Gut. Doch werden Sie auch weiterhin schweigen? Wenn Sie reden wollen, müssen wir das Ganze eben ohne Gemeindeversammlung machen.

ILL Verstehe.

DER BÜRGERMEISTER Nun?

ILL Ich bin froh, eine offene Drohung zu hören.

DER BÜRGERMEISTER Ich drohe Ihnen nicht, Ill, Sie drohen uns. Wenn Sie reden, müssen wir dann eben auch handeln. Vorher.

ILL Ich schweige.

DER BÜRGERMEISTER Wie der Beschluß der Versammlung auch ausfällt?

ILL Ich nehme ihn an.

DER BÜRGERMEISTER Schön.

Schweigen.

DER BÜRGERMEISTER Daß Sie sich dem Gemeindegericht unterziehen, freut mich, Ill. Ein gewisses Ehrgefühl glimmt noch in Ihnen. Aber wäre es nicht besser, wenn wir dieses Gemeindegericht gar nicht erst versammeln müßten?
ILL Was wollen Sie damit sagen?
DER BÜRGERMEISTER Sie sagten vorhin, Sie hätten das Gewehr nicht nötig. Vielleicht haben Sie es nun trotzdem nötig.

Schweigen.

DER BÜRGERMEISTER Wir könnten dann der Dame sagen, wir hätten Sie abgeurteilt, und erhielten das Geld auch so. Es hat mich Nächte gekostet, diesen Vorschlag zu machen, das können Sie glauben. Es wäre doch nun eigentlich Ihre Pflicht, mit Ihrem Leben Schluß zu machen, als Ehrenmann die Konsequenzen zu ziehen, finden Sie nicht? Schon aus Gemeinschaftsgefühl, aus Liebe zur Vaterstadt. Sie sehen ja unsere bittere Not, das Elend, die hungrigen Kinder …
ILL Es geht euch jetzt ganz gut.
DER BÜRGERMEISTER Ill!
ILL Bürgermeister! Ich bin durch eine Hölle gegangen. Ich sah, wie ihr Schulden machtet, spürte bei jedem Anzeichen des Wohlstands den Tod näher kriechen. Hättet ihr mir diese Angst erspart, dieses grauenhafte Fürchten, wäre alles anders gekommen, könnten wir

anders reden, würde ich das Gewehr nehmen. Euch zuliebe. Aber nun schloß ich mich ein, besiegte meine Furcht. Allein. Es war schwer, nun ist es getan. Ein Zurück gibt es nicht. Ihr müßt nun meine Richter sein. Ich unterwerfe mich eurem Urteil, wie es nun auch ausfalle. Für mich ist es die Gerechtigkeit, was es für euch ist, weiß ich nicht. Gott gebe, daß ihr vor eurem Urteil besteht. Ihr könnt mich töten, ich klage nicht, protestiere nicht, wehre mich nicht, aber euer Handeln kann ich euch nicht abnehmen.

DER BÜRGERMEISTER *nimmt das Gewehr wieder zu sich* Schade. Sie verpassen die Chance, sich reinzuwaschen, ein halbwegs anständiger Mensch zu werden. Doch das kann man von Ihnen ja nicht verlangen.

ILL Feuer, Herr Bürgermeister. *Er zündet ihm die Zigarette an.*

Der Bürgermeister ab.

Die Frau kommt im Pelzmantel, die Tochter in einem roten Kleid.

ILL Vornehm siehst du aus, Mathilde.

FRAU ILL Persianer.

ILL Wie eine Dame.

FRAU ILL Etwas teuer.

ILL Schön, dein Kleid, Ottilie. Doch gewagt, findest du nicht?

DIE TOCHTER Ach geh, Vater. Da solltest du erst mein Abendkleid sehen.

Der Laden verschwindet. Der Sohn stellt vier Stühle auf die leere Bühne.

ILL Ein schöner Wagen. Ein ganzes Leben lang mühte ich mich ab, es zu einem kleinen Vermögen zu bringen, zu etwas Bequemlichkeit, zu einem solchen Auto eben zum Beispiel, und nun, wie es soweit ist, möchte ich doch wissen, wie man sich fühlt dabei. Du kommst mit mir nach hinten, Mathilde, und Ottilie sitzt neben Karl.

Sie setzen sich auf die Stühle, markieren Autofahren.

DER SOHN Hundertzwanzig kann ich fahren.
ILL Nicht so schnell. Ich will die Gegend sehen, das Städtchen, wo ich lebte, fast siebzig Jahre. Sauber die alten Gassen, vieles schon renoviert. Ein grauer Rauch über den Kaminen, und Geranien vor den Fenstern, Sonnenblumen, Rosen in den Gärten beim Goethetor, Kinderlachen, Liebespaare überall. Modern dieser Neubau am Brahmsplatz.
FRAU ILL Der Kaffee-Hodel läßt bauen.
DIE TOCHTER Der Arzt mit seinem Mercedes 300.
ILL Die Ebene, die Hügel dahinter, heute wie vergoldet. Gewaltig die Schatten, in die wir tauchen, und dann wieder das Licht. Wie Riesen die Krane der Wagnerwerke am Horizont und die Schlote von Bockmann.
DER SOHN Die Stadt will sie kaufen.
ILL Wie?
DER SOHN *lauter* Die Stadt will sie kaufen. *Er tutet.*
FRAU ILL Komische Fahrzeuge.
DER SOHN Messerschmidts. Jeder Lehrling muß so etwas anschaffen.
DIE TOCHTER C'est terrible.
FRAU ILL Ottilie nimmt einen Fortbildungskurs in Französisch und Englisch.

ILL Praktisch. Küblers Schnapspinte. War schon lange nicht mehr draußen.

DER SOHN Wird ein Freßlokal.

ILL Du mußt lauter reden bei dem Tempo.

DER SOHN *lauter* Wird ein Freßlokal. Natürlich Stocker. Überholt mit seinem Buick alles.

DIE TOCHTER Ein Neureicher.

ILL Fahr nun durch die Niederung von Pückenried. Am Moor vorbei und durch die Pappelallee um das Jagdschlößchen des Kurfürsten Hasso herum. Wolkenungetüme am Himmel, übereinandergetürmt wie im Sommer. Ein schönes Land, überschwemmt vom Abendlicht. Seh es heute wie zum ersten Mal.

DIE TOCHTER Eine Stimmung wie bei Adalbert Stifter.

ILL Wie bei wem?

FRAU ILL Ottilie studiert auch Literatur.

ILL Vornehm.

DER SOHN Hofbauer mit seinem Volkswagen. Kommt von Kaffigen zurück.

DIE TOCHTER Mit den Ferkeln.

FRAU ILL Karl steuert sicher. Elegant wie er jetzt die Kurve schneidet. Man braucht keine Angst zu haben.

DER SOHN Erster Gang. Die Straße steigt.

ILL Kam immer außer Atem, wenn ich da hinaufmarschierte.

FRAU ILL Froh, daß ich meinen Pelzmantel habe. Es wird kühl.

ILL Du hast dich verfahren. Hier geht's nach Beisenbach. Mußt zurück und dann links in den Konradsweilerwald.

Die Vier kommen mit der Holzbank, nun im Frack, markieren Bäume.

DER ERSTE Wieder sind wir Tannen, Buchen.
DER ZWEITE Specht und Kuckuck, scheues Reh.
DER DRITTE Efeudome, Moderdunkel.
DER VIERTE Vorweltstimmung, oft besungen.

Der Sohn tutet.

DER SOHN Wieder ein Reh. Läuft gar nicht von der Straße, das Vieh.

Der Dritte springt davon.

DIE TOCHTER Zutraulich. Wird nicht mehr gewildert.
ILL Halt an unter diesen Bäumen.
DER SOHN Bitte.
FRAU ILL Was willst du denn?
ILL Durch den Wald gehen. *Erhebt sich.* Schön das Läuten der Glocken von Güllen her. Feierabend.
DER SOHN Vier Glocken. Erst jetzt tönt's gemütlich.
ILL Gelb alles, nun ist der Herbst auch wirklich da. Laub am Boden wie Haufen von Gold. *Er stampft im Wald.*
DER SOHN Wir warten unten bei der Güllenbrücke.
ILL Nicht nötig. Ich gehe durch den Wald ins Städtchen. Zur Gemeindeversammlung.
FRAU ILL Dann fahren wir nach Kalberstadt, Fredi, und gehen in ein Kino.
DIE TOCHTER So long, Daddy.
FRAU ILL Auf bald! Auf bald!

Die Familie verschwindet mit den Stühlen. Ill schaut ihr

nach. Er setzt sich auf die Holzbank, die sich links befindet.

Windesrauschen. Von rechts kommen Roby und Toby mit der Sänfte, in der sich Claire Zachanassian in ihrem gewohnten Kleid befindet. Roby trägt eine Gitarre auf dem Rücken. Neben ihr schreitet ihr Gatte IX, Nobelpreisträger, groß, schlank, graumelierte Haare und Schnurrbart. (Kann vom immer gleichen Schauspieler dargestellt werden.) Dahinter der Butler.

CLAIRE ZACHANASSIAN Der Konradsweilerwald, Roby und Toby, haltet mal an.

Claire Zachanassian steigt aus der Sänfte, betrachtet den Wald durch das Lorgnon, streicht dem Ersten über den Rücken.

CLAIRE ZACHANASSIAN Borkenkäfer. Der Baum stirbt ab. *Sie bemerkt Ill.* Alfred! Schön, dich zu treffen. Besuche meinen Wald.
ILL Gehört dir der Konradsweilerwald denn auch?
CLAIRE ZACHANASSIAN Auch. Darf ich mich zu dir setzen?
ILL Aber bitte. Ich habe eben von meiner Familie Abschied genommen. Gehn ins Kino. Karl hat sich einen Wagen angeschafft.
CLAIRE ZACHANASSIAN Fortschritt. *Sie setzt sich rechts neben Ill.*
ILL Ottilie nimmt einen Kurs für Literatur. Dazu Englisch und Französisch.
CLAIRE ZACHANASSIAN Siehst du, der Sinn für Ideale ist

ihnen doch gekommen. Komm Zoby, verneig dich. Mein neunter Mann. Nobelpreisträger.

ILL Sehr erfreut.

CLAIRE ZACHANASSIAN Er ist besonders eigenartig, wenn er nicht denkt. Denk mal nicht, Zoby.

GATTE IX Aber Schatzi…

CLAIRE ZACHANASSIAN Zier dich nicht.

GATTE IX Also gut. *Er denkt nicht.*

CLAIRE ZACHANASSIAN Siehst du, jetzt schaut er aus wie ein Diplomat. Erinnert mich an den Grafen Holk, nur schrieb der keine Bücher. Er will sich zurückziehen, seine Memoiren verfassen und mein Vermögen verwalten.

ILL Gratuliere.

CLAIRE ZACHANASSIAN Habe ein ungutes Gefühl. Einen Mann hält man sich zu Ausstellungszwecken, nicht als Nutzobjekt. Geh forschen, Zoby, die historische Ruine findest du links.

Gatte IX geht forschen. Ill sieht sich um.

ILL Die beiden Eunuchen?

CLAIRE ZACHANASSIAN Begannen zu schwatzen. Ließ sie wegschicken nach Bangkok, in eine meiner Opiumhöhlen. Dort können sie rauchen und träumen. Bald wird ihnen der Kammerdiener folgen. Den werde ich auch nicht mehr nötig haben. Eine Romeo et Juliette, Boby.

Der Butler kommt aus dem Hintergrund, reicht ihr ein Zigarettenetui.

CLAIRE ZACHANASSIAN Willst du auch eine, Alfred?
ILL Gerne.
CLAIRE ZACHANASSIAN So nimm. Reich uns Feuer, Boby.

Sie rauchen.

ILL Riecht aber gut.
CLAIRE ZACHANASSIAN In diesem Wald haben wir oft zusammen geraucht, weißt du noch? Zigaretten, die du bei Mathildchen gekauft hast. Oder gestohlen.

Der Erste klopft mit dem Schlüssel auf die Tabakspfeife.

CLAIRE ZACHANASSIAN Wieder der Specht.
DER VIERTE Kuckuck! Kuckuck!
ILL Und der Kuckuck.
CLAIRE ZACHANASSIAN Soll dir Roby vorspielen auf seiner Gitarre?
ILL Bitte.
CLAIRE ZACHANASSIAN Er spielt gut, der begnadigte Raubmörder, brauche ihn für meine besinnlichen Minuten. Grammophone hasse ich und Radios.
ILL ›Im afrikanischen Felsental marschiert ein Bataillon‹.
CLAIRE ZACHANASSIAN Dein Lieblingslied. Habe es ihm beigebracht.

Schweigen. Sie rauchen. Kuckuck usw. Waldesrauschen. Roby spielt die Ballade.

ILL Du hattest – ich meine, wir hatten ein Kind?
CLAIRE ZACHANASSIAN Gewiß.
ILL War es ein Bub oder ein Mädchen?

CLAIRE ZACHANASSIAN Ein Mädchen.
ILL Und was hast du ihm für einen Namen gegeben?
CLAIRE ZACHANASSIAN Geneviève.
ILL Hübscher Name.
CLAIRE ZACHANASSIAN Ich sah das Ding nur einmal. Bei der Geburt. Dann wurde es genommen. Von der christlichen Fürsorge.
ILL Die Augen?
CLAIRE ZACHANASSIAN Die waren noch nicht offen.
ILL Die Haare?
CLAIRE ZACHANASSIAN Schwarz, glaube ich, doch das sind sie ja oft bei Neugeborenen.
ILL Das ist wohl so.

Schweigen. Rauchen. Gitarre.

ILL Bei wem ist es gestorben?
CLAIRE ZACHANASSIAN Bei Leuten. Ich habe die Namen vergessen.
ILL Woran?
CLAIRE ZACHANASSIAN Hirnhautentzündung. Vielleicht auch etwas anderes. Ich erhielt eine Karte von der Behörde.
ILL Bei Todesfall kann man sich auf die verlassen.

Schweigen.

CLAIRE ZACHANASSIAN Ich erzählte dir von unserem Mädchen. Nun erzähl von mir.
ILL Von dir?
CLAIRE ZACHANASSIAN Wie ich war, als ich siebzehn war, als du mich liebtest.

ILL Mußte dich einmal lange suchen in der Peterschen Scheune, fand dich in der Droschke im bloßen Hemd mit einem langen Strohhalm zwischen den Lippen.

CLAIRE ZACHANASSIAN Du warst stark und mutig. Hast gegen den Eisenbähnler gekämpft, der mir nachstrich. Ich wischte dir das Blut aus dem Gesicht mit meinem roten Unterrock.

Das Gitarrenspiel schweigt.

CLAIRE ZACHANASSIAN Die Ballade ist zu Ende.

ILL Noch ›O Heimat süß und hold‹.

CLAIRE ZACHANASSIAN Kann Roby auch.

Neues Gitarrenspiel.

ILL Nun ist es soweit. Wir sitzen zum letzten Mal in unserem bösen Wald voll Kuckuck und Windesrauschen.

Die Bäume bewegen ihre Äste.

ILL Heute abend versammelt sich die Gemeinde. Man wird mich zum Tode verurteilen, und einer wird mich töten. Ich weiß nicht, wer er sein wird und wo es geschehen wird, ich weiß nur, daß ich ein sinnloses Leben beende.

CLAIRE ZACHANASSIAN Ich liebte dich. Du hast mich verraten. Doch den Traum von Leben, von Liebe, von Vertrauen, diesen einst wirklichen Traum habe ich nicht vergessen. Ich will ihn wieder errichten mit meinen Milliarden, die Vergangenheit ändern, indem ich dich vernichte.

ILL Ich danke dir für die Kränze, die Chrysanthemen und Rosen.

Erneutes Windesrauschen.

ILL Machen sich schön auf dem Sarg im ›Goldenen Apostel‹. Vornehm.

CLAIRE ZACHANASSIAN Ich werde dich in deinem Sarg nach Capri bringen. Ließ ein Mausoleum errichten im Park meines Palazzos. Von Zypressen umgeben. Mit Blick aufs Mittelmeer.

ILL Kenne ich nur von Abbildungen.

CLAIRE ZACHANASSIAN Tiefblau. Ein grandioses Panorama. Dort wirst du bleiben. Bei mir.

ILL Nun ist auch ›O Heimat süß und hold‹ zu Ende.

Gatte IX kommt zurück.

CLAIRE ZACHANASSIAN Der Nobelpreisträger. Kommt von seiner Ruine. Nun, Zoby?

GATTE IX Frühchristlich. Von den Hunnen zerstört.

CLAIRE ZACHANASSIAN Schade. Deinen Arm. Die Sänfte, Roby und Toby.

Sie besteigt die Sänfte.

CLAIRE ZACHANASSIAN Adieu, Alfred.

ILL Adieu, Klara.

Die Sänfte wird nach hinten getragen, Ill bleibt auf der Bank sitzen. Die Bäume legen ihre Zweige fort. Von oben senkt sich ein Theaterportal herunter mit den üblichen Vorhängen und Drapierungen, Inschrift ›Ernst ist das Leben, heiter die Kunst‹. Aus dem Hintergrund kommt der Polizist in einer neuen, prächtigen Uniform, setzt sich zu Ill. Ein Radioreporter kommt, beginnt ins Mikrophon zu reden, während sich die Güllener versammeln. Alles in neuer feierlicher Kleidung, alles im Frack. Überall Pressephotographen, Journalisten, Filmkameras.

DER RADIOSPRECHER Meine Damen und Herren. Nach den Aufnahmen im Geburtshaus und dem Gespräch mit dem Pfarrer wohnen wir einem Gemeindeanlaß bei. Wir kommen zum Höhepunkt des Besuches, den Frau Claire Zachanassian ihrem ebenso sympathischen wie gemütlichen Heimatstädtchen abstattet. Zwar ist die berühmte Frau nicht zugegen, doch wird der Bürgermeister in ihrem Namen eine wichtige Erklärung abgeben. Wir befinden uns im Theatersaal im ›Goldenen Apostel‹, in jenem Hotel, in welchem Goethe übernachtete. Auf der Bühne, die sonst Vereinsanlässen dient und den Gastvorstellungen des Kalberstädter Schauspielhauses, versammeln sich die Männer. Nach alter Sitte – wie der Bürgermeister eben informierte. Die Frauen befinden sich im Zuschauerraum – auch dies Tradition. Feierliche Stimmung, die Spannung außerordentlich, die Filmwochenschauen sind hergefahren, meine Kollegen vom Fernsehen, Reporter aus aller Welt, und nun beginnt der Bürgermeister zu reden.

Der Reporter geht mit dem Mikrophon zum Bürgermeister, der in der Mitte der Bühne steht, die Männer von Güllen im Halbkreis um ihn.

DER BÜRGERMEISTER Ich heiße die Gemeinde von Güllen willkommen. Ich eröffne die Versammlung. Traktandum: Ein einziges. Ich habe die Ehre, bekanntgeben zu dürfen, daß Frau Claire Zachanassian, die Tochter unseres bedeutenden Mitbürgers, des Architekten Gottfried Wäscher, beabsichtigt, uns eine Milliarde zu schenken.

Ein Raunen geht durch die Presse.

DER BÜRGERMEISTER Fünfhundert Millionen der Stadt, fünfhundert Millionen an alle Bürger verteilt.

Stille.

DER RADIOSPRECHER *gedämpft* Liebe Hörerinnen und Hörer. Eine Riesensensation. Eine Stiftung, die mit einem Schlag die Einwohner des Städtchens zu wohlhabenden Leuten macht und damit eines der größten sozialen Experimente unserer Epoche darstellt. Die Gemeinde ist denn auch wie benommen. Totenstille. Ergriffenheit auf allen Gesichtern.

DER BÜRGERMEISTER Ich gebe dem Lehrer das Wort.

Der Radioreporter nähert sich mit dem Mikrophon dem Lehrer.

DER LEHRER Güllener. Wir müssen uns klar sein, daß Frau Zachanassian mit dieser Schenkung etwas Bestimmtes will. Was ist dieses Bestimmte? Will sie uns mit Geld beglücken, mit Gold überhäufen, die Wagnerwerke sanieren, die Platz-an-der-Sonne-

Hütte, Bockmann? Ihr wißt, daß dies nicht so ist. Frau Claire Zachanassian plant Wichtigeres. Sie will für ihre Milliarde Gerechtigkeit, die Gerechtigkeit. Sie will, daß sich unser Gemeinwesen in ein gerechtes verwandle. Diese Forderung läßt uns stutzen. Waren wir denn nicht ein gerechtes Gemeinwesen?

DER ERSTE Nie!

DER ZWEITE Wir duldeten ein Verbrechen!

DER DRITTE Ein Fehlurteil!

DER VIERTE Meineid!

EINE FRAUENSTIMME Einen Schuft!

ANDERE STIMMEN Sehr richtig!

DER LEHRER Gemeinde von Güllen! Dies der bittere Tatbestand: Wir duldeten die Ungerechtigkeit. Ich erkenne nun durchaus die materielle Möglichkeit, die uns die Milliarde bietet; ich übersehe keineswegs, daß die Armut die Ursache von so viel Schlimmem, Bitterem ist, und dennoch: Es geht nicht um Geld, – *Riesenbeifall* – es geht nicht um Wohlstand und Wohlleben, nicht um Luxus, es geht darum, ob wir Gerechtigkeit verwirklichen wollen, und nicht nur sie, sondern auch all die Ideale, für die unsere Altvordern gelebt und gestritten hatten und für die sie gestorben sind, die den Wert unseres Abendlandes ausmachen! *Riesenbeifall.* Die Freiheit steht auf dem Spiel, wenn die Nächstenliebe verletzt, das Gebot, die Schwachen zu schützen, mißachtet, die Ehe beleidigt, ein Gericht getäuscht, eine junge Mutter ins Elend gestoßen wird. *Pfuirufe.* Mit unseren Idealen müssen wir nun eben in Gottes Namen Ernst machen, blutigen Ernst. *Riesenbeifall.* Reichtum hat nur dann Sinn, wenn aus ihm Reichtum an Gnade entsteht: Begnadet aber wird nur, wer nach der Gnade hungert. Habt ihr diesen Hunger, Güllener, diesen Hunger des Geistes, und nicht nur den anderen, profanen, den Hunger des Leibes? Das ist die Frage, wie ich als Rektor des Gymnasiums ausrufen möchte. Nur wenn ihr das Böse nicht aushaltet, nur wenn ihr unter keinen Umständen in einer Welt der Ungerechtigkeit mehr leben könnt, dürft ihr die Milliarde der Frau Zachanassian annehmen und die Bedingung erfüllen, die mit dieser Stiftung verbunden ist. Dies, Güllener, bitte ich zu bedenken.

Tosender Beifall.

DER RADIOREPORTER Sie hören den Beifall, meine Damen und Herren. Ich bin erschüttert. Die Rede des Rektors bewies eine sittliche Größe, wie wir sie heute – leider – nicht mehr allzuoft finden. Mutig wurde auf Mißstände allgemeiner Art hingewiesen, auf Ungerechtigkeiten, wie sie ja in jeder Gemeinde vorkommen, überall, wo Menschen sind.

DER BÜRGERMEISTER Alfred Ill –

DER RADIOREPORTER Der Bürgermeister ergreift wieder das Wort.

DER BÜRGERMEISTER Alfred Ill, ich habe an Sie eine Frage zu stellen.

Der Polizist gibt Ill einen Stoß. Der erhebt sich. Der Radiosprecher kommt mit dem Mikrophon zu ihm.

DER RADIOREPORTER Nun die Stimme des Mannes, auf dessen Vorschlag hin die Zachanassian-Stiftung gegründet wurde, die Stimme Alfred Ills, des Jugendfreundes der Wohltäterin. Alfred Ill ist ein rüstiger Mann von etwa siebzig Jahren, ein senkrechter Güllener von altem Schrot und Korn, natürlicherweise ergriffen, voll Dankbarkeit, voll stiller Genugtuung.

DER BÜRGERMEISTER Ihretwegen wurde uns die Stiftung angeboten, Alfred Ill. Sind sie sich dessen bewußt?

Ill sagt leise etwas.

DER RADIOREPORTER Sie müssen lauter reden, guter alter Mann, damit unsere Hörerinnen und Hörer auch etwas verstehen.

ILL Ja.

DER BÜRGERMEISTER Werden Sie unseren Entscheid über Annahme oder Ablehnung der Claire-Zachanassian-Stiftung respektieren?

ILL Ich respektiere ihn.

DER BÜRGERMEISTER Hat jemand an Alfred Ill eine Frage zu stellen?

Schweigen.

DER BÜRGERMEISTER Hat jemand zur Stiftung der Frau Zachanassian eine Bemerkung zu machen?

Schweigen.

DER BÜRGERMEISTER Herr Pfarrer?

Schweigen.

DER BÜRGERMEISTER Herr Stadtarzt?

Schweigen.

DER BÜRGERMEISTER Die Polizei?

Schweigen.

DER BÜRGERMEISTER Die politische Opposition?

Schweigen.

DER BÜRGERMEISTER Ich schreite zur Abstimmung.

Stille. Nur das Surren der Filmapparate, das Aufblitzen der Blitzlichter.

DER BÜRGERMEISTER Wer reinen Herzens die Gerechtigkeit verwirklichen will, erhebe die Hand.

Alle außer Ill erheben die Hand.

DER RADIOREPORTER Andächtige Stille im Theatersaal. Nichts als ein einziges Meer von erhobenen Händen, wie eine gewaltige Verschwörung für eine bessere, gerechtere Welt. Nur der alte Mann sitzt regungslos, vor Freude überwältigt. Sein Ziel ist erreicht, die Stiftung dank der wohltätigen Jugendfreundin errichtet.
DER BÜRGERMEISTER Die Stiftung der Claire Zachanassian ist angenommen. Einstimmig. Nicht des Geldes –
DIE GEMEINDE Nicht des Geldes –
DER BÜRGERMEISTER sondern der Gerechtigkeit wegen –
DIE GEMEINDE sondern der Gerechtigkeit wegen –
DER BÜRGERMEISTER und aus Gewissensnot.

DIE GEMEINDE und aus Gewissensnot.

DER BÜRGERMEISTER Denn wir können nicht leben, wenn wir ein Verbrechen unter uns dulden –

DIE GEMEINDE Denn wir können nicht leben, wenn wir ein Verbrechen unter uns dulden –

DER BÜRGERMEISTER welches wir ausrotten müssen –

DIE GEMEINDE welches wir ausrotten müssen –

DER BÜRGERMEISTER damit unsere Seelen nicht Schaden erleiden –

DIE GEMEINDE damit unsere Seelen nicht Schaden erleiden –

DER BÜRGERMEISTER und unsere heiligsten Güter.

DIE GEMEINDE und unsere heiligsten Güter.

ILL *schreit auf* Mein Gott!

Alle stehen feierlich mit erhobenen Händen da, doch nun hat es bei der Kamera der Filmwochenschau eine Panne gegeben.

DER KAMERAMANN Schade, Herr Bürgermeister. Die Beleuchtung streikte. Bitte die Schlußabstimmung noch einmal.

DER BÜRGERMEISTER Noch einmal?

DER KAMERAMANN Für die Filmwochenschau.

DER BÜRGERMEISTER Aber natürlich.

DER KAMERAMANN Scheinwerfer in Ordnung?

EINE STIMME Klappt.

DER KAMERAMANN Also los.

Der Bürgermeister setzt sich in Pose.

DER BÜRGERMEISTER Wer reinen Herzens die Gerechtigkeit verwirklichen will, erhebe die Hand.

Alle erheben die Hand.

DER BÜRGERMEISTER Die Stiftung der Claire Zachanassian ist angenommen. Einstimmig. Nicht des Geldes –
DIE GEMEINDE Nicht des Geldes –
DER BÜRGERMEISTER sondern der Gerechtigkeit wegen –
DIE GEMEINDE sondern der Gerechtigkeit wegen –
DER BÜRGERMEISTER und aus Gewissensnot.
DIE GEMEINDE und aus Gewissensnot.
DER BÜRGERMEISTER Denn wir können nicht leben, wenn wir ein Verbrechen unter uns dulden –
DIE GEMEINDE Denn wir können nicht leben, wenn wir ein Verbrechen unter uns dulden –
DER BÜRGERMEISTER welches wir ausrotten müssen –
DIE GEMEINDE welches wir ausrotten müssen –
DER BÜRGERMEISTER damit unsere Seelen nicht Schaden erleiden –
DIE GEMEINDE damit unsere Seelen nicht Schaden erleiden –
DER BÜRGERMEISTER und unsere heiligsten Güter.
DIE GEMEINDE und unsere heiligsten Güter.

Stille.

DER KAMERAMANN *leise* Ill! Na!

Stille.

DER KAMERAMANN *enttäuscht* Dann nicht. Ein Jammer, daß der Freudenschrei »mein Gott« nicht kam, der war besonders eindrucksvoll.
DER BÜRGERMEISTER Die Herren von der Presse, vom Rundfunk und vom Film sind zu einem Imbiß eingela-

den. Im Restaurant. Sie verlassen den Theatersaal am besten durch den Bühnenausgang. Den Frauen ist im Garten des ›Goldenen Apostels‹ ein Tee serviert.

Die Presse-, Rundfunk- und Filmleute gehen nach hinten rechts hinaus. Die Männer bleiben unbeweglich auf der Bühne. Ill steht auf, will gehen.

DER POLIZIST Bleib! *Er drückt Ill auf die Bank nieder.*
ILL Ihr wollt es noch heute tun?
DER POLIZIST Natürlich.
ILL Ich dachte, es würde am besten bei mir geschehen.
DER POLIZIST Es geschieht hier.
DER BÜRGERMEISTER Ist niemand mehr im Zuschauerraum?

Der Dritte und der Vierte spähen nach unten.

DER DRITTE Niemand.
DER BÜRGERMEISTER Auf der Galerie?
DER VIERTE Leer.
DER BÜRGERMEISTER Schließt die Türen. Den Saal darf niemand mehr betreten.

Die zwei gehen in den Zuschauerraum.

DER DRITTE Geschlossen.
DER VIERTE Geschlossen.
DER BÜRGERMEISTER Löscht die Lichter. Der Vollmond scheint durch die Fenster der Galerie. Das genügt.

Die Bühne wird dunkel. Im schwachen Mondlicht sind die Menschen nur undeutlich zu sehen.

DER BÜRGERMEISTER Bildet eine Gasse.

Die Güllener bilden eine kleine Gasse, an deren Ende der Turner steht, nun in eleganten weißen Hosen, eine rote Schärpe über dem Turnerleibchen!

DER BÜRGERMEISTER Herr Pfarrer, darf ich bitten.

Der Pfarrer geht langsam zu Ill, setzt sich zu ihm.

DER PFARRER Nun, Ill, Ihre schwere Stunde ist gekommen.
ILL Eine Zigarette.
DER PFARRER Eine Zigarette, Herr Bürgermeister.
DER BÜRGERMEISTER *mit Wärme* Selbstverständlich. Eine besonders gute.

Er reicht die Schachtel dem Pfarrer, der sie Ill hinhält. Der nimmt eine Zigarette, der Polizist gibt ihm Feuer, der Pfarrer gibt die Schachtel wieder dem Bürgermeister zurück.

DER PFARRER Wie schon der Prophet Amos gesagt hat –
ILL Bitte nicht. *Raucht.*
DER PFARRER Sie fürchten sich nicht?
ILL Nicht mehr sehr. *Raucht.*
DER PFARRER *hilflos* Ich werde für Sie beten.
ILL Beten Sie für Güllen.

Ill raucht. Der Pfarrer steht langsam auf.

DER PFARRER Gott sei uns gnädig.

Der Pfarrer geht langsam in die Reihen der andern.

DER BÜRGERMEISTER Erheben Sie sich, Alfred Ill.

Ill zögert.

DER POLIZIST Steh auf, du Schwein. *Er reißt ihn in die Höhe.*

DER BÜRGERMEISTER Polizeiwachtmeister, beherrschen Sie sich.

DER POLIZIST Verzeihung. Es ging mit mir durch.

DER BÜRGERMEISTER Kommen Sie, Alfred Ill.

Ill läßt die Zigarette fallen, tritt sie mit dem Fuß aus. Geht dann langsam in die Mitte der Bühne, kehrt dem Publikum den Rücken.

DER BÜRGERMEISTER Gehen Sie in die Gasse.

Ill zögert.

DER POLIZIST Los, geh.

Ill geht langsam in die Gasse der schweigenden Männer. Ganz hinten stellt sich ihm der Turner entgegen. Ill bleibt stehen, kehrt sich um, sieht, wie sich unbarmherzig die Gasse schließt, sinkt in die Knie. Die Gasse verwandelt sich in einen Menschenknäuel, lautlos, der sich ballt, der langsam niederkauert. Stille. Von links vorne kommen Journalisten. Es wird hell.

PRESSEMANN I Was ist denn hier los?

Der Menschenknäuel lockert sich auf. Die Männer sammeln sich im Hintergrund, schweigend. Zurück bleibt nur der Arzt, vor einem Leichnam kniend, über den ein kariertes Tischtuch, wie es in Wirtschaften üblich ist, gebreitet ist. Der Arzt steht auf. Nimmt das Stethoskop ab.

DER ARZT Herzschlag.

Stille.

DER BÜRGERMEISTER Tod aus Freude.
PRESSEMANN I Tod aus Freude.
PRESSEMANN II Das Leben schreibt die schönsten Geschichten.
PRESSEMANN I An die Arbeit.

Die Journalisten eilen nach rechts hinten. Von links kommt Claire Zachanassian, vom Butler gefolgt. Sie sieht den Leichnam, bleibt stehen, geht dann langsam nach der Mitte der Bühne, kehrt sich gegen das Publikum.

CLAIRE ZACHANASSIAN Bringt ihn her.

Roby und Toby kommen mit einer Bahre, legen Ill darauf und bringen ihn vor die Füße Claire Zachanassians.

CLAIRE ZACHANASSIAN *unbeweglich* Deck ihn auf, Boby.

Der Butler deckt das Gesicht Ills auf. Sie betrachtet es, regungslos, lange.

CLAIRE ZACHANASSIAN Er ist wieder so, wie er war, vor langer Zeit, der schwarze Panther. Deck ihn zu.

Der Butler deckt das Gesicht wieder zu.

CLAIRE ZACHANASSIAN Tragt ihn in den Sarg.

Roby und Toby tragen den Leichnam nach links hinaus.

CLAIRE ZACHANASSIAN Führ mich in mein Zimmer, Boby. Laß die Koffer packen. Wir fahren nach Capri.

Der Butler reicht ihr den Arm, sie geht langsam nach links hinaus, bleibt stehen.

CLAIRE ZACHANASSIAN Bürgermeister.

Von hinten, aus der Reihe der schweigenden Männer, kommt langsam der Bürgermeister nach vorne.

CLAIRE ZACHANASSIAN Der Check. *Sie überreicht ihm ein Papier und geht mit dem Butler hinaus.*

Drückten die immer besseren Kleider den anwachsenden Wohlstand aus, diskret, unaufdringlich, doch immer weniger zu übersehen, wurde der Bühnenraum stets appetitlicher, veränderte er sich, stieg er in seiner sozialen Stufenleiter, als siedelte man von einem Armeleutequartier unmerklich in eine moderne wohlsituierte Stadt über, reicherte er sich an, so findet diese Steigerung nun im Schlußbild ihre Apotheose. Die einst graue Welt hat sich in etwas technisch Blitzblankes, in Reichtum verwandelt, mündet in ein Welt-Happy-End ein. Fahnen, Girlanden, Plakate, Neonlichter umgeben den renovierten Bahnhof, dazu die Güllener, Frauen und Männer in Abendkleidern und Fräcken, zwei Chöre bildend, denen der griechischen Tragödien angenähert, nicht zufällig, sondern als Standortsbestimmung, als gäbe ein havariertes Schiff, weit abgetrieben, die letzten Signale.

CHOR I Ungeheuer ist viel
Gewaltige Erdbeben
Feuerspeiende Berge, Fluten des Meeres
Kriege auch, Panzer durch Kornfelder
rasselnd
Der sonnenhafte Pilz der Atombombe.
CHOR II Doch nichts ist ungeheurer als die
Armut
Die nämlich kennt kein Abenteuer
Trostlos umfängt sie das Menschengeschlecht
Reiht
Öde Tage an öden Tag.
DIE FRAUEN Hilflos sehen die Mütter
Liebes, Dahinsiechendes.
DIE MÄNNER Der Mann aber
Sinnt Empörung
Denkt Verrat.
DER ERSTE In schlechten Schuhen geht er dahin
DER DRITTE Stinkendes Kraut zwischen den Lippen
CHOR I Denn die Arbeitsplätze, die brot-
bringenden einst
Sind leer
CHOR II Und die sausenden Züge meiden den Ort.
ALLE Wohl uns

FRAU ILL Denen ein freundlich Geschick
ALLE Dies alles wandte.
DIE FRAUEN Ziemende Kleidung umschließt
den zierlichen Leib nun
DER SOHN Es steuert der Bursch den sportlichen
Wagen
DIE MÄNNER Die Limousine der Kaufmann
DIE TOCHTER Das Mädchen jagt nach dem Ball
auf roter Fläche
DER ARZT Im neuen, grüngekachelten Operationssaal
operiert freudig der Arzt
ALLE Das Abendessen
Dampft im Haus. Zufrieden
Wohlbeschuht
Schmaucht ein jeglicher besseres Kraut.
DER LEHRER Lernbegierig lernen die Lernbegierigen.
DER ZWEITE Schätze auf Schätze türmt der
emsige Industrielle
ALLE Rembrandt auf Rubens
DER MALER Die Kunst ernähret den Künstler
vollauf.
DER PFARRER Es berstet an Weihnachten, Ostern
und Pfingsten
Vom Andrang der Christen das Münster
ALLE Und die Züge,
Die blitzenden, hehren
Eilend auf eisernen Gleisen
Von Nachbarstadt zu Nachbarstadt, völkerverbindend
Halten wieder.

Von links kommt der Kondukteur.

DER KONDUKTEUR Güllen.

DER BAHNHOFSVORSTAND D-Zug Güllen–Rom, einsteigen bitte! Salonwagen vorne!

Aus dem Hintergrund kommt Claire Zachanassian in ihrer Sänfte, unbeweglich, ein altes Götzenbild aus Stein, zwischen den beiden Chören hervor, von ihrem Gefolge begleitet.

DER BÜRGERMEISTER Es ziehet
ALLE Die reich uns beschenkte
DIE TOCHTER Die Wohltäterin
ALLE Mit ihrem edlen Gefolge davon!

Claire Zachanassian verschwindet rechts außen, zuletzt tragen die Dienstmänner den Sarg auf einem langen Weg hinaus.

DER BÜRGERMEISTER Sie lebe denn wohl.
ALLE Teures führt sie mit sich, ihr Anvertrautes.

DER BAHNHOFSVORSTAND Abfahrt!

ALLE Es bewahre uns aber
DER PFARRER Ein Gott
ALLE In stampfender, rollender Zeit
DER BÜRGERMEISTER Den Wohlstand
ALLE Bewahre die heiligen Güter uns, bewahre den Frieden
Bewahre die Freiheit.
Nacht bleibe fern
Verdunkele nimmermehr unsere Stadt
Die neuerstandene prächtige
Damit wir das Glück glücklich genießen.

Anhang

Randnotizen, alphabetisch geordnet

Angst — Hier keine metaphysische Größe, sondern eine meßbare. Klebt an den Gegenständen. Dürrenmatt (siehe dort) faßt sie daher nicht so tief auf wie die Existentialisten. Er nichtet nicht, wird aber öfters von Kritikern (siehe dort) vernichtet. Das Nichts tritt als Goldzahn auf (siehe Polizist).

Anspielung — Auf die gegenwärtige Welt wird nicht angespielt, wohl aber spielt die gegenwärtige Zeit auf.

Autor — schrieb als Mitschuldiger.

Beisenbach — Ort zwischen Brunnhübel und Leuthenau.

Berstet — erhöht die Feierlichkeit von »birst«.

Börsianer — Tägliche Schnellzugverbindung zwischen Hamburg und Zürich.

Chor — (am Schluß): »Standortsbestimmung, als gäbe ein havariertes Schiff seine letzten Signale.« Vom Publikum mit einer gewissen Trauer anzuhören.

Dürrenmatt — Friedrich, geb. 5. Januar 1921. Lebt in Neuchâtel (siehe Angst, Autor, Kritiker).

Einfälle »So höre ich immer wieder, ich sei der Mann der maßlosen Einfälle, der gleichsam ohne Zucht und Disziplin daherschreibe. Was ist nun aber ein Einfall? Darüber zerbrechen sich manche den Kopf. Begreiflicherweise. Für sie entsteht Literatur aus der Literatur, Theater aus Theater ... Meine Kunst dagegen entsteht nicht primär aus der Kunst – ohne den Einfluß, den auch auf mich andere Schriftsteller haben, leugnen zu wollen –, sondern aus der Welt, aus dem Erlebnis, aus der Auseinandersetzung mit der Welt, und genau dort, wo die Welt in Kunst gleichsam überspringt, steht der Einfall: Weil die Welt mit ihren Ereignissen in mich einfällt (wie ein Feind oft in eine Festung), entsteht eine Gegenwelt, eine Eigenwelt als eine Gegenattacke, als eine Selbstbehauptung.«

Gatten Mit der alten Dame verheiratet (siehe Zachanassian). Numerierung schwankt.

Gegenwart Steinbruch, aus dem ich die Blöcke zu meinen Komödien haue.

Geld wichtig.

Güllen Name einer Stadt zwischen Kaffigen und Kalberstadt. Liegt am Rande des Konradsweilerwalds (siehe dort) und der Niederung von Pückenried. Gegründet von Hasso dem Noblen (1111), 5056 Einwohner (52 Prozent Protestanten, 45 Prozent Katholiken, 3 Prozent sonstige). Gotische Kathedrale mit berühmtem Portal, das Jüngste Gericht darstellend, Stadthaus, Hotel ›Zum Goldenen Apostel‹, Gymnasium. Industrie: Wagnerwerke, Bockmann, Platz-an-der-Sonne-Hütte. Jetzt Schnellzugverbindungen. Der Name der Stadt soll auf Begehren der stimmfähigen Bürger in Gülden umgewandelt werden. Kultur: Theatersaal. Bekannte Blasmusik.

Güllener Einwohner von Güllen. Treten Typen angenähert auf. Der Bürgermeister, der Lehrer usw. Durchaus nicht bösartige Zeitgenossen, die in Schwierigkeiten geraten. Entwickeln in steigendem Maße Sinn für Ideale.

Hochkonjunktur Komödie der Hochkonjunktur: früherer Untertitel des Stücks.

Ill Alfred (siehe Liebespaar), Händler, geboren 1889.

Konradsweilerwald wildreich.

Komödie (moderne) Form der dramatischen Kunst, die voraussetzt, daß die Gemeinschaft kein Recht habe, in einen feierlichen Chor auszubrechen. Die Gemeinschaft wird kritisch betrachtet (siehe Tragödie).

Kritiker (siehe unter X).

Leuthenau Dörfchen zwischen Brunnhübel und Güllen.

Liebespaar Claire Zachanassian (siehe dort) und Alfred Ill sind ein klassisches Liebespaar mit einigen Abweichungen. Fast Mythen.

Loken Weiler zwischen Brunnhübel und Kalberstadt.

Panther Kommt als Kosewort und wirklich vor (Fall für Psychoanalytiker).

Polizist (siehe Angst). »Die Polizei ist da, den Gesetzen Respekt zu verschaffen, für Ordnung zu sorgen, den Bürger zu schützen.«

Positives Verlangt der Theaterbesucher gleich ins Haus geliefert. Ist jedoch bei einigem Nachdenken in jedem Stück zu finden.

Reporter Errichten neben der wirklichen Welt eine Phantomwelt. Heute werden die beiden Welten oft verwechselt.

Sophokles Wird nicht verhöhnt. Der Autor achtet ihn hoch (siehe Chor).

Stifter Adalbert. Österreichischer Dichter 1805–1868 (siehe Sophokles).

Tragödie (antike) Form der dramatischen Kunst, die voraussetzt, daß die Gemeinschaft ein Recht habe, in einen feierlichen Chor auszubrechen. Die Gemeinschaft wird idealisiert.

U (siehe Kritiker).

Wäscher Gottfried, Vater der Klara (Claire), Architekt. Erbauer des Gebäudes, welches der Zuschauer im ersten Akt gleich links erblickt (von ihm aus gesehen). Gestorben 1911.

X (siehe U).

Zachanassian Claire, geborene Wäscher, 1892 (siehe Gatten). Name zusammengezogen aus Zacharoff, Onassis, Gulbenkian (letzterer beerdigt in Zürich). Wohltätige Dame.

Geschrieben 1955 für das Programmheft der Uraufführung im Schauspielhaus Zürich.

Anmerkung 1

Der Besuch der alten Dame ist eine Geschichte, die sich irgendwo in Mitteleuropa in einer kleinen Stadt ereignet, geschrieben von einem, der sich von diesen Leuten durchaus nicht distanziert und der nicht so sicher ist, ob er anders handeln würde: was die Geschichte mehr ist, braucht hier weder gesagt noch auf dem Theater inszeniert zu werden. Auch für den Schluß gilt dies. Zwar werden die Leute hier feierlicher, als es in der Wirklichkeit natürlich wäre, etwas mehr in der Richtung dessen hin, was als Dichtung bezeichnet wird, als schöne Sprache, doch nur, weil die Güllener nun eben reich geworden sind und als Arrivierte auch gewählter reden.

Ich beschreibe Menschen, nicht Marionetten, eine Handlung, nicht eine Allegorie, stelle eine Welt auf, keine Moral, wie man mir bisweilen andichtet, ja ich suche nicht einmal mein Stück mit der Welt zu konfrontieren, weil sich all dies natürlicherweise von selbst einstellt, solange zum Theater auch das Publikum gehört. Ein Theaterstück spielt sich für mich in der Möglichkeit der Bühne ab, nicht im Kleide irgendeines Stils. Wenn die Güllener Bäume spielen, so nicht aus Surrealismus, sondern um die etwas peinliche Liebesgeschichte, die sich in diesem Wald abspielt, den Annäherungsversuch eines alten

Mannes an eine alte Frau nämlich – in einen poetischen Bühnenraum zu stoßen und so erträglich zu machen.

Ich schreibe aus einem mir immanenten Vertrauen zum Theater, zum Schauspieler heraus. Das ist mein Hauptantrieb. Das Material verlockt mich. Der Schauspieler braucht nur wenig, einen Menschen darzustellen, nur die äußerste Haut, Text eben, der freilich stimmen muß. Ich meine: So wie sich ein Organismus abschließt, indem er eine Haut bildet, ein Äußerstes, schließt sich ein Theaterstück durch die Sprache ab. Der Theaterschriftsteller gibt nur sie. Die Sprache ist sein Resultat. Darum kann man auch nicht an der Sprache an sich arbeiten, sondern nur an dem, was Sprache macht, am Gedanken, an der Handlung etwa; an der Sprache an sich, am Stil an sich arbeiten nur Dilettanten. Die Aufgabe des Schauspielers besteht darin, glaube ich, dieses Resultat aufs neue zu erzielen; was Kunst ist, muß nun als Natur erscheinen. Man spiele den Vordergrund richtig, den ich gebe, der Hintergrund wird sich von selber einstellen.

Ich zähle mich nicht zur heutigen Avantgarde, gewiß, auch ich habe eine Kunsttheorie, was macht einem nicht alles Spaß, doch halte ich sie als meine private Meinung zurück (ich müßte mich sonst gar nach ihr richten) und gelte lieber als ein etwas verwirrter Naturbursche mit mangelndem Formwillen. Man inszeniere mich auf die Richtung von Volksstücken hin, behandle mich als eine Art bewußten Nestroy, und man wird am weitesten kommen. Man bleibe bei meinen Einfällen und lasse den Tiefsinn fahren, achte auf eine pausenlose Verwandlung ohne Vorhang, spiele auch die Autoszene einfach, am besten mit vier Stühlen. (Diese Szene hat nichts mit Wilder zu tun – wieso? Dialektische Übung für Kritiker.)

Claire Zachanassian stellt weder die Gerechtigkeit dar noch den Marshallplan oder gar die Apokalypse, sie sei nur das, was sie ist, die reichste Frau der Welt, durch ihr Vermögen in der Lage, wie eine Heldin der griechischen Tragödie zu handeln, absolut, grausam, wie Medea etwa. Sie kann es sich leisten. Die

Dame hat Humor, das ist nicht zu übersehen, da sie Distanz zu den Menschen besitzt als zu einer käuflichen Ware, Distanz auch zu sich selber, eine seltsame Grazie ferner, einen bösartigen Charme. Doch, da sie sich außerhalb der menschlichen Ordnung bewegt, ist sie etwas Unabänderliches, Starres geworden, ohne Entwicklung mehr, es sei denn die, zu versteinern, ein Götzenbild zu werden. Sie ist eine dichterische Erscheinung, auch ihr Gefolge, sogar die Eunuchen, die nicht realistisch unappetitlich mit Kastraten-Stimmen wiederzugeben sind, sondern unwirklich, märchenhaft, leise, gespensterhaft in ihrem pflanzenhaften Glück, Opfer einer totalen Rache, die logisch ist wie die Gesetzbücher der Urzeit. (Um die Rollen zu erleichtern, können die beiden auch abwechslungsweise reden, statt zusammen, dann aber ohne Wiederholung der Sätze.)

Ist Claire Zachanassian unbewegt, eine Heldin, von Anfang an, wird ihr alter Geliebter erst zum Helden. Ein verschmierter Krämer, fällt er ihr zu Beginn ahnungslos zum Opfer; schuldig ist er der Meinung, das Leben hätte von selber alle Schuld getilgt; ein gedankenloses Mannsbild, ein einfacher Mann, dem langsam etwas aufgeht, durch Furcht, durch Entsetzen, etwas höchst Persönliches; an sich erlebt er die Gerechtigkeit, weil er seine Schuld erkennt, er wird groß durch sein Sterben (sein Tod ermangle nicht einer gewissen Monumentalität). Sein Tod ist sinnvoll und sinnlos zugleich. Sinnvoll allein wäre er im mythischen Reich einer antiken Polis, nun spielt sich die Geschichte in Güllen ab. In der Gegenwart.

Zu den Helden treten die Güllener, Menschen wie wir alle. Sie sind nicht böse zu zeichnen, durchaus nicht; zuerst entschlossen, das Angebot abzulehnen, machen sie nun Schulden, doch nicht im Vorsatz, Ill zu töten, sondern aus Leichtsinn, aus einem Gefühl heraus, es lasse sich alles schon arrangieren. So ist der zweite Akt zu inszenieren. Auch die Bahnhofszene. Die Furcht ist bei Ill allein, der seine Lage begreift, noch fällt kein böses Wort, erst die Szene in der Peterschen Scheune bringt die Wendung. Das Verhängnis ist nicht mehr zu umgehen. Von nun an bereiten sich die Güllener allmählich auf die Ermordung vor, entrüsten sich über Ills Schuld usw. Nur die Familie redet sich bis zum Schlusse ein, es komme noch alles gut, auch sie ist nicht böse, nur schwach wie alle. Es ist eine Gemeinde, die langsam der Versuchung nachgibt, wie der Lehrer, doch dieses Nachgeben muß begreiflich sein. Die Versuchung ist zu groß, die Armut zu bitter. Die *Alte Dame* ist ein böses Stück, doch gerade deshalb darf es nicht böse, sondern muß aufs humanste wiedergegeben werden, mit Trauer, nicht mit Zorn, doch auch mit Humor, denn nichts schadet dieser Komödie, die tragisch endet, mehr als tierischer Ernst.

Geschrieben 1956 für die Erstausgabe, Verlag der Arche, Zürich 1956.

Anmerkung II

Vom *Besuch der alten Dame* gibt es zwei Fassungen. 1959 hatte mich das Atelier-Theater gebeten, zu Ehren seines Direktors, Paul Alster, der vor 25 Jahren als Emigrant nach Bern gekommen war, meine Komödie zu inszenieren, die alte Dame sollte Hilde Hildebrand spielen, den Ill Alster.

Ich schaute mir die Bühne an. Als Bühnenbildner war mir Ary Öchslin vorgeschlagen worden, der mir kurzerhand auf meine Bedenken geantwortet hatte, auf jeder Bühne ließe sich alles machen. Trotzdem war ich ziemlich ratlos, als ich mir die kleine Bühne anschaute: Sie befand sich in einem Keller und besaß weder eine Neben- noch eine Hinterbühne, dafür wies die Bühne eine große Versenkung auf; sie war in der Mitte der Bühne und im Verhältnis zu dieser ungemein groß. Ich sagte darauf sogleich zu. Ich wußte nun, wie ich das Stück zu inszenieren hatte: Ich ließ Claire Zachanassian von unten auftreten, als käme sie durch eine Unterführung vom Bahnsteig zum Bahnhof hinauf, wie das in vielen Bahnhöfen der Fall ist.

Ich mußte die Personen für die Aufführung reduzieren, auch veränderte ich den 2. Akt, für ihn schrieb ich die Szene, wie Ill die alte Dame mit dem Gewehr bedroht; die übrigen Balkonszenen strich ich; im 3. Akt vereinfachte ich die Ladenszene. Ich gebe sie hier anschließend wieder.

Im übrigen erwies sich Hilde Hildebrand als eine der besten alten Damen, die ich je sah, als eine der glaubhaftesten: Man glaubte ihr ihr Schicksal. Nach der Premiere gab die Stadt eine große Feier, der Stadtpräsident, welcher als Stadtrat der Polizei vorstand, verlas feierlich das Strafregister Alsters, das sich in 25 Jahren Emigrantendasein zusammengeläppert hatte, und dann wurde dieser zum bernischen Stadtburger ernannt.

Geschrieben 1980 für die Werkausgabe 1980.

Dritter Akt: Szene ›Ills Laden‹

Fassung Atelier-Theater Bern

Vorhang oder Verwandlung. Ills Laden. Die Projektion deutet den neuen Laden an: Neue Inschrift usw. Neuer blitzender Ladentisch in der Mitte, neue Kasse, kostbarere Ware. Tritt jemand durch die fingierte Tür: pompöses Geklingel. Hinter dem Ladentisch Frau Ill. Von rechts kommt der Zweite als arrivierter Metzger, einige Blutspritzer auf der neuen Schürze.

DER ZWEITE Das war ein Fest. Ganz Güllen sah auf dem Münsterplatz zu.

FRAU ILL Klärchen ist das Glück zu gönnen nach all der Misere.

DER ZWEITE Filmschauspielerinnen als Brautjungfern. Mit solchem Busen.

FRAU ILL Heute Mode.

DER ZWEITE Aus der ganzen Welt sind die Journalisten gekommen.

FRAU ILL Wir sind einfache Leute, Herr Helmesberger. Bei uns suchen sie nichts.

DER ZWEITE Zigaretten.

FRAU ILL Die Grünen?

DER ZWEITE Camel.

FRAU ILL Aufschreiben?

DER ZWEITE Aufschreiben. Und ein Beil.

FRAU ILL Ein Schlachtbeil?

DER ZWEITE Exakt.

FRAU ILL Bitte, Herr Helmesberger.

DER ZWEITE Schöne Ware. Wie geht's im Geschäft?

FRAU ILL Macht sich.

DER ZWEITE Kann auch nicht klagen. Personal angeschafft.

FRAU ILL Stelle auch ein am Ersten.

DER ZWEITE Schreiben Sie das Beil auf, Frau Ill. *Er nimmt das Beil zu sich.*

Der Erste, nun ein soignierter Geschäftsmann, kommt. Grüßt.

FRAU ILL Grüß Gott, Herr Hofbauer.

Eine Frau – Erste oder Zweite Frau – geht elegant gekleidet vorüber. Der Erste, noch im Ladeneingang, schaut ihr nach.

DER ERSTE Die macht sich saubere Illusionen, sich so zu kleiden.

FRAU ILL Schamlos.

DER ERSTE Glaubt wohl, die Hochkonjunktur stehe vor der Tür. Saridon. Die Nacht gefeiert bei Stockers.

Frau Ill reicht dem Ersten ein Glas Wasser und das Mittel.

DER ERSTE Alles voll Journalisten.

DER ZWEITE Schnüffeln im Städtchen herum.

DER ERSTE Eben interviewen sie den Pfarrer.

DER ZWEITE Der wird nichts ausplaudern, hat immer ein Herz für uns arme Leute gehabt.

DER ERSTE Chesterfield.

FRAU ILL Aufschreiben?

DER ERSTE Aufschreiben. Wo ist Ihr Mann denn, Frau Ill? Sah ihn lange nicht.

FRAU ILL Oben.

Alle horchen nach oben.

DER ZWEITE Schritte.

FRAU ILL Ich weiß nicht, was der Mann hat. Er geht im Zimmer herum. Seit Tagen. Es ist mir ganz unheimlich mit ihm zumut.

DER ERSTE Das schlechte Gewissen.

DER ZWEITE Und nach Australien wollte er auch auswandern.

DER ERSTE Als ob wir die reinsten Mörder wären. Feuer, Frau Ill.

FRAU ILL Bitte sehr.

DER ERSTE *raucht* Schlimm hat er's mit der armen Frau Zachanassian getrieben.

FRAU ILL Ich leide ja auch darunter, Herr Hofbauer.

DER ERSTE Ein Mädchen ins Unglück stürzen, pfui Teufel.

Der Lehrer kommt. Er ist betrunken, hat sich aber noch in der Gewalt.

FRAU ILL Grüß Gott, Herr Lehrer.

DER LEHRER Es entspricht zwar nicht meiner Art, aber ich benötige ein starkes alkoholisches Getränk.

FRAU ILL Habe neuen Steinhäger.

DER LEHRER Ein Gläschen.

FRAU ILL *schenkt ein* Sie auch, Herr Helmesberger?

DER ZWEITE Nein, danke. Ich muß noch nach Kaffigen mit meinem neuen Volkswagen. Ferkel kaufen.

FRAU ILL Und Sie, Herr Hofbauer?

DER ERSTE Bevor diese verfluchten Journalisten das Städtchen nicht verlassen haben, trinke ich keinen Tropfen.

FRAU ILL Sie zittern ja, Herr Lehrer.

DER LEHRER Trinke zuviel in der letzten Zeit. Eben im ›Goldenen Apostel‹ war eine ziemlich scharfe Zecherei, direkt eine alkoholische Orgie. Hoffentlich stört Sie meine Fahne nicht.

FRAU ILL Noch eins wird nicht schaden. *Sie schenkt ihm wieder ein.*

DER LEHRER Ihr Mann? *Er horcht nach oben.*

FRAU ILL Immer hin und her.

DER LEHRER Noch ein Gläschen. Das letzte. *Er schenkt sich selber ein.*

FRAU ILL Aber natürlich.

DER LEHRER Die Schritte. Immer die Schritte.

DER ZWEITE Frau Ill, ich hoffe, daß Ihr Mann nicht schwatzt, falls die Journalisten kommen.

FRAU ILL Aber nein.

DER ERSTE Bei seinem Charakter?

FRAU ILL Ich habe es schwer, Herr Hofbauer.

DER ZWEITE Wenn er Klara bloßstellen würde, Lügen erzählen, sie hätte was auf seinen Tod geboten oder so, was doch nur ein Ausdruck ihres namenlosen Leides gewesen ist, müssen wir einschreiten.

DER ERSTE Nicht der Milliarde wegen – *er spuckt aus* – sondern des Volkszornes wegen. Die brave Frau Zachanassian hat, weiß Gott, schon genug durchgemacht.

DER LEHRER Hofbauer, ich bin dein alter Lehrer. Ich habe still meinen Steinhäger getrunken und zu alledem geschwiegen. Doch nun ist es meine Pflicht, das Menschliche zu tun. *Erhebt sich mühsam.* Die Augen aller Menschenfreunde und Philosophen der Vorzeit sind auf mich gerichtet. Ich will mich ihrer würdig erweisen. Ich werde zu den Journalisten gehen und ihnen vom Besuch der alten Dame in unserer Stadt erzählen.

FRAU ILL Herr Lehrer!

DER ZWEITE Was soll das heißen?

DER LEHRER Ich will der Presse die Wahrheit erzählen. *Rennt zur Tür.*

DER ERSTE Du kommst mir nicht zur Tür hinaus, du Verräter!

DER LEHRER Wie ein Erzengel will ich die Wahrheit in die Welt hinausschreien.

Der Zweite kommt mit dem Beil und stellt sich vor den Lehrer hin.

DER ZWEITE Schulmeister! Mir ist ein Sohn gestorben, weil ich keine Medizin kaufen konnte. Unsere Kinder wurden zu Handlangern erzogen, weil selbst die Bildung für uns zu teuer wurde. Wir lebten wie die Tiere. Keine Freude, kein

Luxus, nur Jammer und Langeweile, schlechtes Essen und schlechter Schnaps. Und nun, wie es uns etwas besser geht, willst du uns wieder ins Elend zurückstoßen? Ich will aber nicht mehr ins Dunkel zurück, Lehrer. Hör gut zu. Ich gehe nun mit diesem Beil zu Alfred Ill.

FRAU ILL Herr Helmesberger!

DER ZWEITE Ich erschlage ihn. Du weißt genau, daß wir keinen andern Ausweg mehr haben. Entweder krepiert einer, oder wir krepieren alle.

Er will nach rechts hinaufstürzen, doch kommt ihm in diesem Augenblick Ill ruhig entgegen.

ILL Was ist denn los in meinem Laden?

Totenstille vor Entsetzen.

ILL Was willst du mit dem Beil, Helmesberger?

Er starrt Ill endlos lange an. Niemand regt sich.

DER ZWEITE *langsam* Ich wollte nur dieses Beil kaufen, Ill. Doch ich glaube, ich finde vielleicht in Kaffigen ein besseres. *Er gibt Ill das Beil zitternd zurück.*

ILL Ich verstehe. Dort gibt es auch eine größere Auswahl.

DER LEHRER Alfred Ill. Ich bin ein Freund der alten Griechen, ein Bewunderer Platos. Die Menschlichkeit gebietet, dir zuzurufen: Das Städtchen ist voller Journalisten aus der ganzen Welt. Wende dich an die Presse, und der öffentliche Skandal wird dich retten!

ILL Unsinn, Lehrer. Ich brauche die Presse nicht. Setzen Sie sich.

DER LEHRER Setzen. Die Menschlichkeit soll sich setzen. *Er setzt sich mühsam.* Bitte – wenn auch Sie die Wahrheit verraten.

Alle sind Ill gegenüber etwas verlegen.

DER ZWEITE Partagas.
ILL Bitte.
DER ZWEITE Schreib's auf.
ILL Selbstverständlich.
DER ZWEITE Klug, nicht zu schwatzen. Aber einem Halunken wie dir würde man ja auch kein Wort glauben. *Er geht hinaus.*
DER ERSTE Offen gesagt: Was du Klärchen angetan hast, tut nur ein Schuft. *Er geht hinaus.*
ILL *schaut sich wie träumend im Laden um* Alles neu. Modern wie dies jetzt bei uns aussieht. Sauber, appetitlich. So ein Laden war immer mein Traum. Wo sind die Kinder?
FRAU ILL Auf dem Tennisplatz.
ILL Geh sie doch holen. Ich möchte euch heute abend alle bei mir haben.

Frau Ill geht nach links hinaus, der Lehrer sitzt immer noch da.

DER LEHRER Sie müssen entschuldigen. Ich habe einige Steinhäger probiert, so zwei oder drei.
ILL In Ordnung.
DER LEHRER Ach, Ill, was sind wir für Menschen. Sie hätten fliehen müssen, damals, am Bahnhof. Wir hätten Sie gehen lassen, noch waren wir zur Tat nicht fähig. Aber jetzt? Die schändliche Milliarde brennt in unsern Herzen. Ich fühle, wie ich langsam zum Mörder werde. Noch vor wenigen Minuten habe ich alles den Journalisten anzeigen wollen, doch nun habe ich die Kraft nicht mehr. Mein Glaube an die Humanität ist machtlos. *Schenkt sich ein und trinkt.* Reißen Sie sich zusammen, Ill, kämpfen Sie um Ihr Leben. Sie haben keine Zeit mehr zu verlieren.
ILL Ich kämpfe nicht mehr.

Der Lehrer schenkt sich wieder ein und trinkt.

DER LEHRER Sie müssen kämpfen, Ill, sonst sind Sie verloren. Und auch wir.

ILL Ich sah ein, daß ich kein Recht mehr habe. Ich kann von euch nicht verlangen, was ich einmal auch nicht getan habe.

DER LEHRER Kein Recht? Gegenüber dieser verfluchten alten Dame, gegenüber dieser unanständigen Parodie der Gerechtigkeit, dieser Erzhure, die ihre Männer wechselt, vor unseren Augen, schamlos, die unsere Seelen einsammelt?

ILL Ich bin schließlich schuld daran.

DER LEHRER Schuld?

ILL Ich habe Klara zu dem gemacht, was sie ist, und mich zu dem, was ich bin, ein verschmierter, windiger Krämer. Was soll ich tun, Lehrer von Güllen? Den Unschuldigen spielen? Alles ist meine Tat, die Eunuchen, der Butler, der Sarg, die Milliarde. Ich kann mir nicht mehr helfen und euch auch nicht mehr.

DER LEHRER Bin nüchtern. Auf einmal. *Geht schwankend auf Ill zu.* Sie haben recht. Vollkommen. Sie sind schuld an allem. Und nun will ich Ihnen etwas sagen, Alfred Ill, etwas Grundsätzliches. *Er bleibt kerzengerade vor Ill stehen.* Sie sind ein Schuft, Ill, nichts weiter. Und nun geben Sie mir noch eine Flasche Steinhäger.

Ill stellt ihm eine Flasche hin. Der Lehrer nimmt die Flasche zu sich.

DER LEHRER Schreiben Sie sie auf.

Geht langsam hinaus. Die Familie kommt. Die Tochter im Tenniskostüm.

Nachweis

Die Sekundärliteratur wie auch Dürrenmatt selbst übermitteln oft widersprüchliche Angaben zu den einzelnen Texten; der nachfolgende Nachweis zur Publikations- und Aufführungsgeschichte sowie zur Textgrundlage stützt sich auf die Dokumente aus Dürrenmatts Nachlaß und Archiv im Schweizerischen Literaturarchiv in Bern.

Der Besuch der alten Dame entsteht 1955 in Neuchâtel durch Umwandlung des früher entstandenen Ansatzes zur Novelle *Mondfinsternis*. (Erst 1978, 33 Jahre nach der Niederschrift der *Alten Dame*, »rekonstruiert« Dürrenmatt im Rahmen der Niederschrift des ersten Bandes der *Stoffe* die damals geplante Novelle.) Die Uraufführung des Stücks findet am 29. Januar 1956 im Schauspielhaus Zürich statt in der Regie von Oskar Wälterlin (mit Therese Giehse als Claire Zachanassian, Gustav Knuth als Ill, Carl Kuhlmann als Bürgermeister, Heinz Woester als Pfarrer, Sigfrit Steiner als Polizist und Hermann Wlach als Butler). Das Stück avanciert zum meistgespielten Stück der Spielsaisons 1956 und 1957 und begründet Dürrenmatts Weltruhm als Bühnenautor. Dürrenmatt bearbeitet das Stück für die deutsche Erstaufführung an den Münchner Kammerspielen am 28. Mai 1956 (Regie Hans Schweikart) und anschließend erneut für die Buchausgabe, die im gleichen Jahr im Verlag der Arche, Zürich, erscheint und 1957 (unverändert) mit dem erweiterten Untertitel ›Eine tragische Komödie in drei Akten‹ in den Sammelband *Komödien 1* (ebenfalls Verlag der Arche, Zürich) aufgenommen wird. Am 25. November 1959 inszeniert der Autor sein Stück erneut, am Atelier-Theater, Bern, mit Hilde Hildebrand in der weiblichen Hauptrolle. Die kleine Bühne fordert dem Autor ein reduziertes Personal sowie größere Veränderungen, Umstellungen und Streichungen im zweiten und dritten

Akt ab. Diese als ›Sondereinrichtung‹ bezeichnete Fassung wird zwar als Bühnenmanuskript für verschiedene Inszenierungen beigezogen, doch erst in der Werkausgabe 1980 wird daraus die Szene ›Ills Laden‹ aus dem dritten Akt mit der dazugehörigen *Anmerkung II* gedruckt (siehe im Anhang dieses Bandes, S. 144 f. und 146–152).

Ab 1956 wird die *Alte Dame* auf allen großen Bühnen der Welt gespielt. Am 12. November 1956 findet die Premiere der Inszenierung des Autors in Basel statt. Fremdsprachige Inszenierungen finden u. a. in Japan (Juli 1956), in Paris (27. Februar 1957 im Théâtre Marigny, Regie Jean-Pierre Grenier/Olivier Hussenot), in Stratford-upon-Avon (Shakespeare Memorial Theatre, 1957/58, Regie Peter Brook) und in Warschau (1. März 1958 im Teatr Dramatyczny, Regie Ludwik René) statt. Der Großerfolg am Broadway in New York (Bearbeitung von Maurice Valency am Lunt-Fontanne-Theatre im New York City Center, Regie Peter Brook, 5. Mai 1958), ausgezeichnet durch die New Yorker Kritiker als ›Best Foreign Play 1958/59‹, verhilft dem Stück zum weltweiten Erfolg: Es folgen u. a. Inszenierungen in Mailand (Piccolo Teatro, Regie Giorgio Strehler, 31. Januar 1960) und London (Royalty Theatre, Regie Peter Brook, Juli 1960). 1958 adaptiert Dürrenmatt zusammen mit dem Regisseur Ludwig Cremer *Der Besuch der alten Dame* fürs Fernsehen (Co-Produktion der ARD und des Südwestfunks Baden-Baden); die Erstausstrahlung am 19. Februar 1959, mit Elisabeth Flickenschildt als alter Dame und Hans Mahnke als Ill erreicht eine Einschaltquote von 81 Prozent. Die Verfilmung der Twentieth Century Fox nach dem Drehbuch von Ben Barzman und in der Regie von Bernhard Wicki (mit Ingrid Bergman als Karla Zachanassian und Anthony Quinn als Serge Miller) kommt 1964 als ›The Visit‹ (mit einem Happy-End) in die Kinos (deutsche Erstaufführung im selben Jahr u. d. T. ›Der Besuch‹).

1971 komponiert Gottfried von Einem nach einem Libretto des Autors seine gleichnamige Oper in drei Akten; sie wird am

23. Mai 1971 an der Wiener Staatsoper (Regie Otto Schenk, musikalische Leitung Horst Stein, mit Christa Ludwig als Claire Zachanassian und Eberhard Wächter als Alfred Ill) uraufgeführt.

Am 28. November 1982 strahlt das Schweizer Fernsehen eine weitere Fernsehfassung des *Besuchs der alten Dame* mit Maria Schell als Claire Zachanassian und Günter Lamprecht als Ill aus (Regie Max Peter Ammann).

Eine zweite Filmadaption fürs Kino wird 1992 uraufgeführt: ›Hyènes/Ramatou‹ (senegalesisch-schweizerisch-französische Co-Produktion) des senegalesischen Regisseurs Djibril Diop Mambéty, der die *Alte Dame* in einem senegalesischen Dorf ansiedelt.

Die ›Neufassung 1980‹ hat Friedrich Dürrenmatt eigens für die Werkausgabe 1980 geschrieben. Sie ist eine Verbindung der ersten und der zweiten Fassung, die der Autor für das kleine Atelier-Theater in Bern geschrieben hatte.

Die vorliegende Ausgabe folgt wortgetreu dem Text der Werkausgabe 1980, bis auf folgende Korrektur:

S. 148 im Anhang in der Sondereinrichtung der Szene ›Ills Laden‹ im dritten Akt von 1959 fehlte in der Werkausgabe 1980 nach Zeile 7 die Replik: »FRAU ILL Ich leide ja auch darunter, Herr Hofbauer.« (Eingefügt nach *Der Besuch der alten Dame*, Sondereinrichtung, Bühnenmanuskript Reiss-Verlag, Basel.)

Friedrich Dürrenmatt im Diogenes Verlag

Werkausgabe in 37 Banden mit einem Registerband

Jeder Band enthalt einen Nachweis zur Publikations- und gegebenenfalls Aufführungsgeschichte sowie zur Textgrundlage

● Das dramatische Werk

Es steht geschrieben / Der Blinde
Frühe Stücke

Romulus der Große
Eine ungeschichtliche historische Komödie in vier Akten. Neufassung 1980

Die Ehe des Herrn Mississippi
Eine Komodie in zwei Teilen (Neufassung 1980) und ein Drehbuch

Ein Engel kommt nach Babylon
Eine fragmentarische Komodie in drei Akten. Neufassung 1980

Der Besuch der alten Dame
Eine tragische Komodie. Neufassung 1980

Frank der Fünfte
Komodie einer Privatbank. Neufassung 1980

Die Physiker
Eine Komodie in zwei Akten. Neufassung 1980

Herkules und der Stall des Augias / Der Prozeß um des Esels Schatten
Griechische Stücke. Neufassung 1980

Der Meteor / Dichterdämmerung
Zwei Nobelpreisträgerstücke. Neufassungen 1978 und 1980

Die Wiedertäufer
Eine Komodie in zwei Teilen. Urfassung

König Johann / Titus Andronicus
Shakespeare-Umarbeitungen

Play Strindberg / Porträt eines Planeten
Übungsstücke fur Schauspieler

Urfaust / Woyzeck
Zwei Bearbeitungen

Der Mitmacher
Ein Komplex. Text der Komödie (Neufassung 1980), Dramaturgie, Erfahrungen, Berichte, Erzahlungen. Mit Personen- und Werkregister

Die Frist
Eine Komódie. Neufassung 1980

Die Panne
Ein Horspiel und eine Komödie

Nächtliches Gespräch mit einem verachteten Menschen / Stranitzky und der Nationalheld / Das Unternehmen der Wega
Hörspiele und Kabarett

Achterloo
Achterloo I / Rollenspiele (Charlotte Kerr: ›Protokoll einer fiktiven Inszenierung‹; Friedrich Durrenmatt: ›Achterloo III‹) / Achterloo IV / Abschied vom Theater
Mit Personen- und Werkregister

● **Das Prosawerk**

Aus den Papieren eines Wärters
Frühe Prosa

Der Richter und sein Henker / Der Verdacht
Die zwei Kriminalromane um Kommissär Bärlach

Der Hund / Der Tunnel / Die Panne
Erzählungen

Grieche sucht Griechin / Mister X macht Ferien / Nachrichten über den Stand des Zeitungswesens in der Steinzeit
Grotesken

Das Versprechen
Requiem auf den Kriminalroman /
Aufenthalt in einer kleinen Stadt
Fragment

Der Sturz / Abu Chanifa und Anan ben David / Smithy / Das Sterben der Pythia
Erzählungen

Justiz
Roman

Minotaurus / Der Auftrag oder Vom Beobachten des Beobachters der Beobachter / Midas oder Die schwarze Leinwand
Prosa

Durcheinandertal
Roman

Labyrinth
Stoffe I–III: ›Der Winterkrieg in Tibet‹ / ›Mondfinsternis‹ / ›Der Rebell‹. Vom Autor revidierte Neuausgabe. Mit Personen- und Werkregister

Turmbau
Stoffe IV–IX: ›Begegnungen‹ / ›Querfahrt‹ / ›Die Brücke‹ / ›Das Haus‹ / ›Vinter‹ / ›Das Hirn‹. Mit Personen- und Werkregister

Theater
Essays, Gedichte und Reden. Mit Personen- und Werkregister

Kritik
Kritiken und Zeichnungen. Mit Personen- und Werkregister

Literatur und Kunst
Essays, Gedichte und Reden. Mit Personen- und Werkregister

Philosophie und Naturwissenschaft
Essays, Gedichte und Reden. Mit Personen- und Werkregister

Politik
Essays, Gedichte und Reden. Mit Personen- und Werkregister

Zusammenhänge
Essay über Israel. Eine Konzeption /
Nachgedanken
unter anderem uber Freiheit, Gleichheit und Bruderlichkeit in Judentum, Christentum, Islam und Marxismus und über zwei alte Mythen. 1980
Mit Personen- und Werkregister

Versuche/ Kants Hoffnung
Essays und Reden. Mit Personen- und Werkregister

Gedankenfuge
Essays. Mit Personen- und Werkregister /
Der Pensionierte
Fragment eines Kriminalromans (Text der Fassung letzter Hand)

Registerband zur Werkausgabe Friedrich Dürrenmatt
Chronik zu Leben und Werk. Bibliographie der Primärliteratur. Gesamtinhaltsverzeichnis. Alphabetisches Gesamtwerkregister. Personen- und Werkregister aller 37 Bände

Außerhalb der Werkausgabe lieferbar:

• Gespräche

Gespräche 1961–1990
4 Bände in Kassette. Band 1: Der Klassiker auf der Buhne 1961–1970. Band 2: Die Entdeckung des Erzählens 1971–1980. Band 3: Im Bann der ›Stoffe‹ 1981–1987. Band 4: Dramaturgie des Denkens 1988–1990. Herausgegeben von Heinz Ludwig Arnold. In Zusammenarbeit mit Anna von Planta und Jan Strümpel

• Briefe

Max Frisch/Friedrich Dürrenmatt
Briefwechsel
Mit einem Essay des Herausgebers Peter Rüedi. Mit zwei Faksimiles

• Einzelausgaben

Der Richter und sein Henker
Kriminalroman. Studienausgabe mit zahlreichen Fotos aus dem Film und einem Anhang

Der Verdacht
Kriminalroman. Mit einer biographischen Skizze des Autors

Die Panne
Eine noch mögliche Geschichte

Grieche sucht Griechin
Eine Prosakomodie

Das Versprechen
Requiem auf den Kriminalroman

Justiz
Roman

Minotaurus
Eine Ballade. Mit Zeichnungen des Autors

Der Auftrag
oder Vom Beobachten des Beobachters der Beobachter. Novelle in vierundzwanzig Sätzen

Durcheinandertal
Roman

Der Pensionierte
Fragment eines Kriminalromans (Bibliophile Ausgabe). Text der Fassung letzter Hand. Faksimile des Manuskripts. Faksimile des Typoskripts mit handschriftlichen Änderungen. Mit einem Nachwort von Peter Rüedi und einem editorischen Bericht

Der Pensionierte
Fragment eines Kriminalromans (Text der Fassung letzter Hand). Mit einem möglichen Schluß von Urs Widmer und einem Nachwort von Peter Rüedi

• Anthologien und Sammelbände

Denkanstöße
Ausgewählt und zusammengestellt von Daniel Keel. Mit sieben Zeichnungen des Dichters

Das Mögliche ist ungeheuer
Ausgewählte Gedichte. Mit einem Nachwort von Peter Rüedi

Die Schweiz – ein Gefängnis
Rede auf Václav Havel. Mit einem Gespräch des Autors mit Michael Haller sowie einer Rede von Bundesrat Adolf Ogi

Das Dürrenmatt Lesebuch
Herausgegeben von Daniel Keel. Mit einem Nachwort von Heinz Ludwig Arnold

Meistererzählungen
Ausgewahlt von Daniel Keel. Mit einem Nachwort von Reinhardt Stumm

Meine Schweiz
Ein Lesebuch. Herausgegeben von Heinz Ludwig Arnold, Anna von Planta und Ulrich Weber. Mit einem Vorwort von Heinz Ludwig Arnold

Der Gedankenschlosser
Uber Gott und die Welt. Ausgewahlt und zusammengestellt von Daniel Keel und Anna von Planta

● Das zeichnerische Werk

Die Heimat im Plakat
Ein Buch für Schweizer Kinder

Die Mansarde
Die Wandbilder aus der Berner Laubeggstraße. 24 Abbildungen mit Texten von Friedrich Dürrenmatt. Mit einem Essay von Ludmila Vachtova

● Über Dürrenmatt

Elisabeth Brock-Sulzer
Friedrich Dürrenmatt
Stationen seines Werkes. Mit Fotos, Zeichnungen, Faksimiles

Über Friedrich Dürrenmatt
Essays, Zeugnisse und Rezensionen. Mit Chronik und Bibliographie. Herausgegeben von Daniel Keel. Verbesserte und erweiterte Ausgabe 1998

Herkules und Atlas
Lobreden und andere Versuche über Friedrich Dürrenmatt. Herausgegeben von Daniel Keel

Friedrich Dürrenmatt
Schriftsteller und Maler
Ein Bilder- und Lesebuch zu den Ausstellungen im Schweizerischen Literaturarchiv Bern und im Kunsthaus Zurich

play Dürrenmatt
Ein Lese- und Bilderbuch. Mit Texten von Friedrich Dürrenmatt, Hugo Loetscher, Peter Rüedi, Guido Bachmann u.a. sowie Handschriften, Zeichnungen und Fotos

Heinz Ludwig Arnold
Querfahrt mit Friedrich Dürrenmatt
Aufsätze und Reden